成田ハーレム王
Narita HaremKing
illust:サクマ伺貴
落ち目の貴族に転生したので伯爵令嬢とやりまくってハーレム復興
メロメロになったお嬢様は俺の言いなり
KiNG novels

伯爵家の庶民派お嬢様
セシリア
・セジュール・ゾイル

侯爵家の気弱なお嬢様
ゼナ・エブリントン
公爵家の高飛車お嬢様
ペトラ・ゲドルフ

「ユーリさん、たくさん可愛がってくださいね？」
「わたしたちも、いっぱいご奉仕しますね！」

落ち目の貴族に転生したので伯爵令嬢とやりまくってハーレム復興
～メロメロになったお嬢様は俺の言いなり～

成田ハーレム王
illust：サクマ伺貴

KiNG novels

落ち目の貴族に転生したので伯爵令嬢とやりまくってハーレム復興

contents

プロローグ　成り上がりの野望

大陸西部を支配している大国、ブロン帝国。

その帝都の一角に、俺の住む屋敷があった。

すでに日が暮れてだいぶ時間が経っている。

俺は二階にある自室で、これからの計画をまとめた資料を読んでいた。

「やっぱり、公爵の首を取るのはもっと情報が必要だな……」

資料に一通り目を通すと机に置く。

そして、ゆっくり背もたれに体重を預けると息を吐いた。

「ふぅ……でも、ここまで来たんだ。やってみせるさ」

俺の名前はユーリ。ブロン帝国西部の沿岸部に領地を持つ男爵家の嫡男だった。

そして、元々は地球の日本という国から、この地に生まれ変わった転生者でもある。

生まれたばかりのころは、自分の境遇に混乱していた。

けれど、状況が分かってくると今度は、その境遇に感動したんだ。

生まれ変わったこの異世界は、ファンタジーゲームなどでよく見る中世風の状況だった。

中でもブロン帝国は国力が強く、周囲には単独で敵う国家が存在しないほど。

落ち目の貴族に転生したので伯爵令嬢とやりまくってハーレム復興

しかも、今の帝国は前皇帝の後継者争いの影響で中央の力が弱まり、代わりに地方貴族の力が強まっている。

この国での、貴族の特権は様々なものがある。

一般市民に比べて税金の種類はかなり少ないし、自分の領内では不逮捕特権もある。それに、貴族には一夫多妻も許されていた。

内戦の影響で疲弊しつつあったが、帝国にはまだ貴族や皇族の特権を維持するだけの武力と権威があった。

その代わり貴族は、領地を発展させて市民からの税をより多く皇帝へ献上する義務と、戦争のときに兵力を提供する義務がある。

「この国では貴族とそれ以外の間に、越えられない壁がある。もし平民に生まれていたら、どれだけ才能があっても成り上がれないからな。本当に、自分の生まれに感謝するよ」

俺の生まれた男爵家は、貴族の中では最も位《くらい》が低い。

けれど、帝都から伸びる街道近くにある港町を領地としていたおかげで、他の男爵家よりは懐《ふところ》が潤っていた。港に入ってくる貿易品のおかげで、交友関係も広い。

おかげで俺は何も不自由することなく育ち、貴族らしい豪華な暮らしを送っていたんだ。

毎日美味しい食事を食べて、好きに買い物をし、多くの友人を招いてパーティーを開き、悠々自適な生活だった。

けれど、そんな生活はある日突然に終わってしまう。

当主である父親が大事業に失敗して莫大な借金を背負い、家計が崩壊してしまったのだ。

家も財産も家臣も、そして家族さえも混乱の中で失った。

俺はただひとりで、唯一譲り受けた男爵位だけを持って各地を放浪することに。

それからは旅人として生活しつつも、なんとか再起を狙っていた。

俺は家が没落したことで、この世界では貴族といえども、完全には安心して暮らせないことを学んだ。

けれど、まだ貴族としての特権や血統がある以上は、再起も叶うはず。

そして、これまで以上の財産と権威を築いて、豊かな暮らしをすることを目標としていた。

いまはその計画の途中で帝都にやってきて、この屋敷に住んでいるのだ。

「もう少しで全て終わる。それまで慎重に、確実に、だな」

計画は完璧だ。

けれど、勝負の相手はこの帝国を裏から牛耳る大物。

わずかなミスが、文字通りの命取りになってしまう。

そのことを考えて少し緊張していると、部屋の扉がノックされた。

「誰だ?」

「わたしです、セシリアです!」

元気のいい明るい少女の声が聞こえてきた。

「ああ、入ってきていいぞ」

返事をするとすぐに扉が開く。

そして、部屋の中に三人の女性が連れ立って入ってきた。

「あっ、もしかしてお仕事中でしたか？」

最初に入ってきたのは、栗毛の髪をポニーテールにした少女だった。

名前はさっき自分で名乗っていたが、セシリア。

扉越しに声をかけてきたのが彼女だ。

年齢は十代後半くらいで、少し細身だがスタイルは良い。

「いや、別に仕事中じゃないぞ。ちょうど資料の確認が終わったところだ」

俺はそう言って机の上の紙束を指さす。

「そうだったんですね、良かったです！」

彼女は安心したのか朗らかな笑みを見せる。

出会ったときからずっと、セシリアのこの明るい部分は変わらない。

あまり化粧っ気がないので一見すると普通の町娘にも見えるけれど、これでもれっきとした貴族のお嬢様だ。

というか、俺よりも何倍も良い血統をしている。

そして、他の令嬢のように着飾らなくても十分すぎるほど伝わる美人でもあった。

そんな名家のお嬢様なのに、飾らない性格で庶民的。

このギャップも魅力に見えるのか、彼女は領民からも人気があった。

セシリアのほうへ視線を向けていると、横から声がかけられる。

「……あの、ユーリ様。私もお邪魔してよろしかったでしょうか？」

アッシュブロンドの長い髪をした女性が、控えめに問いかけてきた。

彼女の名前はゼナ。

彼女もまた高位貴族の令嬢だった。

年齢は、二十歳より少し上くらいだったはず。

控えめな性格で、公の場所に出てもあまり目立たない。

けれど、よく見ればセシリアに勝るとも劣らない美しさの女性だと分かる。

セシリアは可愛い系だとすれば、こっちは綺麗系だな。

スタイルのほうも、俺が今まで出会ってきた女性の中で一番だ。

それに、彼女は美しいだけでなく様々な知識が豊富で頭も切れる。

計画に関しては俺主導で進めてきたけれど、途中からゼナに指摘されて修正した部分も多い。

この帝国で成り上がろうとしている俺にとって、必要不可欠なブレーンでもあった。

「何も悪いことなんかない。来てくれて嬉しいよ」

「あっ……は、はいっ……」

俺の言葉を聞いた彼女は、少し頬を赤くして視線を逸らしてしまう。

彼女は元々男性相手にトラウマがあり、最初は話すのもやっとだった。

今では改善してきているけれど、やはりまだ俺と話すときは緊張してしまうことがあるらしい。

「まだ他人の目があると少し緊張するかな？」

「……あ、その、すみません……」

「ゼナが謝ることじゃないよ、そのうち慣れるさ。時間はかかるだろうけれど」

そう言うと、彼女はゆっくり頷く。

それを見た後、俺はゼナの後ろに隠れるように立っていた金髪の少女へ視線を向けた。

「ペトラ」

「ッ！」

名前を呼ばれて一瞬肩をビクッとさせる。

「……なんですの？」

名前を呼ばれた以上は隠れられないと思ったのか、ゼナの影から出てくる。

金糸のように綺麗な髪を肩口ほどの短さにし、一部はまとめてツーサイドアップにしていた。

このような手間のかかる髪型だけですぐ分かるが、彼女も貴族令嬢だ。

名前をペトラという。

三人の中で、良い意味でも悪い意味でもいちばん貴族の令嬢らしい。

ただ、セシリアに負けず劣らずの美少女であることは確かだ。

合わせてスタイルのほうも、なかなかのものを持っている。

彼女を含めた三人は俺の計画の協力者だ。

しかしセシリアやゼナと違い、ペトラはそれほど俺に対して好意を抱いていない。

その証拠に、特徴的なツリ目から向けられる視線は鋭かった。

「いや、珍しいなと思っただけだ。セシリアやゼナはともかく、お前が自分から俺の部屋に来るなんて」

ふたりは計画に協力するだけじゃなく、俺個人のことも慕ってくれている。

けれど、ペトラに関してそれはありえない。

だから不思議だと思ったのだ。

「廊下を歩いていたら途中でセシリアに合いましたの。それで連れてこられただけですわ」

「ははは、なるほどな」

確かにセシリアならやりそうだ。

彼女は第一印象では、ペトラのことを嫌っていた。

けれど、今では逆に積極的に関わっているように見える。

「なに笑ってるんですのっ!?」

「ああ、悪い悪い。べつに馬鹿にしている訳じゃない」

「……ふんっ」

どうやら今日のペトラは、普段よりご機嫌斜めらしい。

「やれやれ……」

俺は少し肩をすくめつつも、セシリアのほうを振り返る。

「それで、セシリアたちはどうして俺のところへ来たんだ？」

最初に問いかけるべきことだったのに遅れてしまった。

俺の質問にセシリアが答える。

「ここ数日、ユーリさんは部屋に籠っているじゃないですか」

「まあ、少し連続して情報が入ってきたからな」

この帝都に入ってから続けてきた諜報活動が実りつつある。

後は入ってきた情報を使って、敵を追い詰めるだけだ。

敵は油断ならない。

あまり悠長にしていると、こちらの動きに感づかれるかも。

おかげでここ数日は出かけることもなく部屋に籠りきりだった。

「……まあ、確かに少し根を詰めすぎていたかな」

ただ、何日も彼女たちを放っておいたのは悪かったかもしれない。

「そうですよ。たまには庭に出てお日様を浴びないと体に悪いです！」

セシリアは俺の健康を心配しているようで、そんなことを言う。

数日部屋に籠るくらいどうってことないと思うけれど、セシリアは普段から活動的だからなぁ。

「分かった。じゃあ明日からは少し外に出て散歩しよう。いっしょに付き合ってくれるか？」

「ええ、もちろんです」

俺の答えに満足したのか、嬉しそうに微笑むセシリア。

そんな彼女を、ペトラが飽きれた顔をしながら小突く。

「ちょっとセシリア、さっき聞いた話と逸れていますわよ？」

「……あっ！」

ペトラの言葉で、セシリアは何かに気づいたようで口元に手を当てる。

そして恥ずかしそうに顔を赤くした。

「どうしたんだ？」

「いえっ、その……」

彼女は僅かに戸惑った後、口を開く。

「ユーリさんのお体を心配していたのは確かなのですが、最初からお散歩に誘うつもりではなくて……」

「ほう？」

「わたしたちで直接、癒して差し上げるつもりだったんです」

「へえ、なるほど」

お嬢様たちが直接癒してくれるなんて、嬉しいじゃないか。

「……もちろん、私もいっしょにさせていただきます」

横にいたゼナも控えめながら同意する。

どうやらみんなでいっしょに癒してくれるらしい。

そうなると気になるのは、もうひとりのことだ。

俺はペトラのほうを見る。

「お前はどうするんだ？」

「わたくしのことですの？」

「ああ、そうだよ」

すると彼女の視線がさらに鋭くなる。

「何故、このわたくしがあなたなんかを……」

そこまで言ったところでペトラの言葉が止まる。

どうやら何か視線を感じたらしい。

彼女につられて気配のほうへと顔を動かすと、ニッコリと笑みを浮かべているセシリアの姿があった。

「ペトラさん」

「うっ……」

ペトラはどうも、セシリアが苦手らしい。

この場においては唯一自分と対抗しうる血統な上に、高慢な態度や威圧にもまったく怯《ひる》まないからだ。

ペトラの発するプレッシャーは相当なもので、俺でさえ最初はたじろいでしまったほどなのに。

それを真正面から受け止めてもビクともしない相手など、家族以外ではセシリアが始めてだったのだろう。

だからそんなセシリアに、苦手意識を持っているのだ。

「わたしは、ペトラさんも協力してくれると凄く嬉しいです！」

「……ああもうっ！」

ペトラは腕を組むとセシリアから視線を逸らす。

「やればいいのでしょう、やれば！」

「ふふっ、ありがとうございます」

こうして、今夜は彼女たち三人で癒してくれることになったのだった。

それから四人でいっしょに、隣の寝室へ移る。

貴族、それも俺の使っている当主の部屋ともなれば、前世でいう一流ホテル並の豪華さだ。

リビング、寝室、書斎、シャワールームなど、普通の家が丸々一つ、屋敷の一角に入ってしまっているようなもの。寝室にあるベッドも大きく、四人で寝転がっても大丈夫なサイズだった。

中に入ると、まずセシリアが近づいてくる。

そして、俺の右腕を抱えると顔を近づけてきた。

「ユーリさんっ」

「なんだ？」

「あの……最初に、キスしてください」

少しだけ顔を赤くしながらそう言う。

「おいおい、俺を癒してくれるんじゃないのか？」

ここまできたら、俺もセシリアたちがどんなふうに癒してくれるのか想像がついている。

けれど、あえてこんなふうに問いかけてみた。

「あう、でも……このままするのは、少しだけ恥ずかしいので」

ほんとうに恥ずかしそうに言いつつも、彼女は俺から視線を逸らさない。

この様子では、俺がうんと言うまでずっと見つめたままだろう。

普段は心優しいけれど、ここぞというときは頑固になることがある。

「分かったよ」

俺は頷くと、彼女の腰に手を回して抱き寄せる。

そして、ゆっくり顔を傾けてセシリアにキスした。

「んっ……はぁ、ちゅっ……！」

唇を押しつけるとすぐ彼女のほうからもキスしてくる。

「はむ、んっ、セシリア……」

「むちゅっ……ユーリさんっ……」

お互いに相手の腰を抱きながら、視線を交わらせながらキスを深める。

その最中、左右から近づいてくる気配があった。

「ユ、ユーリさん……私も、そのっ！」

左から近づいてきたのはゼナだった。

少し控えめだけれど、体を押しつけてアピールしてくる。

三人の中でも最も大きな胸が腕に当たり、グニッと形を変えた。

柔らかい感触が服越しにも十分すぎるほど感じられて興奮してしまう。

俺はセシリアとのキスを中断してそっちに顔を向けた。

「ゼナ、今夜はなかなか積極的だね」

普段はどちらかというと受け身だったり、俺が行為を促す場合が多い。

けれど、今夜は最初から積極的なようだ。

「……だって、今夜は他の皆さんもいますから」

そう言いつつ、セシリアやペトラのほうを見る。

どうやら彼女たちに俺を取られてしまうかも、と思っているようだ。

「そんな心配しなくても、ちゃんとゼナにも期待してるよ」

「っ！　が、頑張ります」

彼女は頷くと、俺に顔を近づけてキスしてくる。

俺もそれに応えて唇を重ねていった。

セシリアとのものより軽く、互いについばむようなキスだ。

けれど、俺たちの体は十分に興奮し始めてしまう。

だんだん体が熱くなって、呼吸も荒くなってきた。

「はぁ、はぁっ……」

ゼナの表情も徐々に興奮したものに変ってくる。

そのとき、右側からわずかな刺激があった。

視線だけ動かしてみると、ペトラが俺の服の袖を掴んでいる。

「ん、なんだ」

「ふたりにばかり夢中になって、わたくしの存在を忘れたんですの？」

どうやら、自分から積極的に奉仕するのは嫌だけれど、仲間外れにされるのも嫌らしい。

まったくわがままなお嬢様だなぁ。

けれど、俺も最近慣れてきたからか、こういう反応も楽しめるようになってきた。

「じゃあ、ペトラもキスしてくれるのか？」

「なっ、なんでわたくしからっ！」

まあ、そうなるよな。

彼女の返答は分かっていたので、俺なりに好きにさせてもらう。

「分かった。じゃ、俺からするよ」

「はっ？　えっ、ちょっ……んむぅっ!?」

右手で彼女の腰を抱き寄せ、そのまま唇を塞いでしまう。

ペトラは突然のことに一瞬目を丸くして驚く。

けれど気にせず、彼女を逃がすことなく何度もキスしていった。

「はむ、ちゅっ……ほら、気持ちいいだろう？」

「んぁっ、はぁっ！　そ、そんなことないですわ……んっ！」

数分もキスしていると、ペトラの呼吸も荒くなってくる。

なんだかんだ言っていても、体は正直だ。

これまでの行為で、俺とのセックスに反応するようになってしまっているんだろう。

それに、本気で逃げようとしていないのも事実だ。

俺もそこそこ体を鍛えているつもりだけれど、片手だけじゃ女性を押さえ込めない。

完全ではないにしろ、心のどこかでは俺との行為を楽しんでいるはず。

「そうムキにならなくても良いじゃないか」

「ムキになってなんて……あんっ！」

話の途中で俺が手を動かし、お尻を撫でる。

すると、その刺激でペトラの口から嬌声が漏れた。

「～～ッ！」

油断していて声が漏れてしまったのか、羞恥心で顔を赤くしている。

「こ、このっ！　よくもやってくれましたわねっ！」

「ペトラが隙だらけなのも悪いぞ。キスに夢中だっただろう」

これは図星だったのか言葉を失くす。

そして、彼女との話の最中にセシリアが俺の服を引っ張ってくる。

「どうしたんだ？」

「ユーリさん、そのっ……わたし、もう我慢できなくてっ」

見れば彼女の顔は興奮ですっかり赤くなっている。

完全に発情していて、体もギュッと俺に押しつけていた。

「確かに限界みたいだな。俺もしてもらいたいし、そろそろベッドへ移るか」

ペトラは仕方ない。彼女の意志に任せるとしよう。

俺はセシリアの肩に腕を回してベッドへ移動する。

ベッドへ上がると、セシリアからまた誘ってくる。

「ユーリさん、今夜は横になってください。わたしたちが癒して差し上げますので」

興奮で少し息を荒げながらもそう言う。

どうやら当初の目的はしっかり達成するつもりのようだ。

「そこまで言うなら任せるよ」

俺は服を脱ぐと、ベッドへ仰向けで横になった。

「よっ、と。これでいいかな？」

「はい、そのままお待ちくださいね。……ふぅ」

セシリアはそこで一息つくと、自分の胸元に手を持っていって服をはだけ始めた。

「んっ、さっきから少し苦しかったんです」

元々活動的な性格だけあって、三人の中でも肌の露出が多い服だ。

上半身は、布を少し上へズリ上げるだけで胸が露出してしまう。

「おぉ……」

綺麗な形であり、ほど良い重量感もある見事な巨乳だった。

「あんまり見られると、さすがに恥ずかしいですよ」

俺の視線に気づいた彼女が苦笑いする。

そして、そのまま体を動かして俺の腰へまたがってくる。

「よいしょっ……はい、これでいいですね」

騎乗位の形にしようと、セシリアは俺のズボンも下着ごと脱がしていく。

「あぁ、すごい……もうこんなに大きいですね！」

彼女の目の前に、勃起した肉棒が現れた。

三人とのキスハーレム状態で、かなり興奮してしまっていたんだ。

「わたしたちとのキス、そんなに気持ちよかったですか？」

「すごく良かったぞ。でも、まだまだこれからだろう」

「ええ、たっぷり気持ちよくなってくださいね」

彼女はそう微笑むと、露出された肉棒に股間を擦りつける。

「んんっ……あっ、はぁっ……！」

もうある程度興奮しているけれど、さらにそれを高めようとしているらしい。

上から圧迫されるように擦りつけられる感触が気持ち良かった。

「……ユーリさん、わたしにもご奉仕させてくださいっ」

「んっ、しょうがないから最後まで付き合って差し上げますわ！」

その最中、寝転ぶ俺の左右にゼナとペトラがやってくる。

ふたりともすでに服をはだけていた。

大きくさらけ出された胸元を、左右から押しつけてくる。

「はぁ、ふぅっ……たくさん興奮してくれると、嬉しいです」

左側からはゼナの爆乳が押しつけられ、胸元でグニュッとつぶれる。

柔らかさの暴力ともいえる感触が襲い掛かってきた。

それぞれメロン一個分はある大きさの爆乳の感触に、思わずため息がこぼれてしまう。

「ゼナばかり見ていて、わたくしは無視するつもりですの？」

すると、今度は反対側からペトラが胸を押しつけてきた。

大きさではゼナに一歩劣るけれど、こちらも十分以上に巨乳だ。

彼女たちに左右から押しつけられて、まるでサンドイッチにされている気分だった。

「くぅ……これは凄いな！　こんなのは初めてだ！」

上半身も下半身も、女の子たちの柔らかさと温かさに包まれている。

その感触は、思わず天に昇ってしまいそうなくらいの気持ちよさだった。

「はぁ、はぁっ……私、そろそろ我慢できなくなってきました……」

「セシリア……ああ、来い」

俺がそう言うと、彼女は嬉しそうに微笑む。

「ユーリさん、いただきますね！　あうっ……んむぅっ！」

彼女は素股をしていた腰を上げると、片手で肉棒を立てる。

そして、そこ目掛けて再び腰を下ろしていった。

ガチガチになった肉棒に秘部の入り口が押し当てられ、そのまま中に潜りこんでいく。

「あぁぁぁぁっ!! 中にぃっ……入ってきますっ、あうぅぅぅっ!!」

挿入した瞬間、セシリアが甲高い嬌声を上げた。

背筋をビクッと震わせ、俺の胸に置かれた両手にも力が籠っているのが分かる。

「すごいっ、どんどん奥にっ……はぁ、ひうぅっ!」

大きな刺激を受けながらも、彼女は腰を止めなかった。

そのまま下に動かして、肉棒を最後まで飲み込んでしまう。

「ひぃっ……はぁっ……! あぁ……全部、中に入りましたっ!」

大きく息を乱しながらも、そう言って笑みを浮かべる。

どんなときでも笑顔を忘れないのが彼女の良いところだ。

けれど、さすがにこの状況だといつも見せている笑顔とは少し違う。

欲望に濡れた瞳で俺を見下ろしていた。

「ユーリさん、動きますね」

彼女はそう言うと腰を動かし始める。

最初はゆっくりと。慣れてくると少しずつ速くなっていった。

「はぁっ! はぁっ! はぁっ!」

セシリアの腰が跳ね、体がぶつかるたびにパンパンと乾いた音が響く。

もちろん外だけではなく、中の動きも凄かった。

「くっ、全部締めつけてきてるな。搾り取る気か！」

膣内は、根元から先端まで肉棒のを全てを飲み込んでいた。

腰が動くたびに、キュンキュンと締めつけてくる。

「んっ、はぁっ……あんっ！　ユーリさん、どうですか？　わたしはすごく、気持ちいいですっ！」

腰を振りながらセシリアが話しかけてきた。

「ああ、俺も気持ちいいぞ。セシリアも上手くなったな」

「ありがとうございます。でも、まだまだですよ！」

彼女はそう言うと、また激しく腰を振り始める。

俺の体に置いた両手で自分を支えながら、大きなストロークでピストンした。

肉棒が根元から先端まで全部刺激されてしまって、かなり気持ちいい。

「あぁっ、はうっ！　このまま、最後までいっしょに気持ちよくなってくださいっ！」

俺は、ピストンと共に与えられる快感を受け止める。

それと同時に、左右から抱き着いているふたりを見た。

「……ユーリ様、本当に素敵です。このあとは私にお相手させていただけますか？」

「本当に野蛮ですわねぇ、わたくしたち三人を相手にしてこれだけ興奮しているなんて、呆れますわ！」

それぞれ正反対の意見を言いつつ、ゼナもペトラも奉仕していた。

ゼナのほうは早く自分の相手をしてほしそうにしている。

自分をアピールするように、体を強く押しつけた。

「もちろんゼナのことも、たっぷり気持ちよくしてあげるよ」

「あぁ、嬉しいですっ！」

彼女は笑みを浮かべると俺の頬へキスしてくる。

それを横で見ていたペトラは視線を逸らした。

間近でキスされていると恥ずかしいらしい。

「ペトラも恥ずかしがらないで、してくれればいいのに」

「わ、わたくしに同じようなことをしろというの!?」

「嫌なら強制はしないけどな。俺はセシリアとゼナだけでも十分だし」

少し彼女の気持ちを煽《あお》るように言ってやる。

すると、案の定反発してきた。

「わたくしが不必要だと？　そこまで言うのならやってあげますわ！」

彼女は少し怒った表情になると、顔を動かして胸元に移動する。

そして、舌を出すと乳首を舐め始めた。

「はむっ、ちゅっ……」

「くぅっ……まさか、ペトラがこんな奉仕をしてくれるなんてな」

どうするのかと思っていたけれど、乳首舐めは予想外だった。

けれど、なかなか丁寧な愛撫で気持ちいい。

「このまま早く気持ちよくなってしまいなさいっ！」

言われなくても限界は近づいてきていた。

セシリアの腰振りに、美女ふたりの奉仕。

それだけ合わされれば、どんな男でもたちまち高みに昇っていってしまう。

「あんっ！　はぁ、あうっ！　わたしもイっちゃいそうですっ！」

ただ、イキそうだったのは俺だけじゃないようだ。

腰を振っているセシリアも息を荒げ、切なそうな視線を向けてくる。

膣内もビクビクと震え、確かに今にもイってしまいそうだ。

「セシリア、いっしょにイクぞっ！」

堪えきれなくなってきた俺は、手を伸ばして彼女の腰を掴む。

そして、下から突き上げ始めた。

「ひゃうっ!?　ダメッ、それはダメですっ！　イクッ、イクッ！　あああぁぁっ！」

「そのままイけっ！　セシリアッ！」

大きく腰を動かして彼女を責め立てる。

限界を超えた次の瞬間、俺たちはいっしょに絶頂した。

「イキますっ！　ひゃあぁぁっ！　イックウウウゥウウゥウッ!!」

「うぐっ……！」

ドクンと腰が跳ね、精液が膣内に流れ込んでいく。

「あうっ、あぁぁぁぁ……体が熱くて蕩けちゃいますっ……」

絶頂の快感で全身を震えさせたセシリア。

体を支えられなくなったのか、俺のほうへ倒れ込んでくる。

それを抱き留め、自分の体の上で横にならせた。

「はぁ、はぁっ……ユーリさん、とっても気持ちよかったです……」

まだ息を荒くしながらも、彼女はいつも通りの朗らかな笑みを浮かべる。

それにつられて俺も笑っていた。

「ああ、俺も気持ちよかったよ」

ただ、これでひと段落とはいかない。

他にも性欲を持て余している女子が、ふたりも待っているんだから。

ハーレム状態は楽しいけれど、甲斐性を見せないといけないのは少し大変だ。

けれど、俺は今の生活に満足している。

没落していたころよりずっといい。

そんな中、俺はふと、成り上がりを考え始めたきっかけを思い出す。

それは没落した俺が旅をしている途中、ある町でセシリアと出会ったことがきっかけだった。

第一章　伯爵令嬢との出会い

「ふぅ……疲れたな。この町でしばらくゆっくりするか」

宿屋の一室、ベッドに腰掛けながら深く息を吐く。

俺はユーリ・ヴェスダット男爵。

名前の通り、このブロン帝国で貴族の地位を持っている。

しかし今は領土も役職も利権もなく、ただひとりで放浪する旅人だ。

すでに、故郷からだいぶ遠く離れた地までやって来ている。

こうなったのは少し前、父親が新しく始めた事業で大失敗してしまったからだった。

多額の負債を抱えた我が家は、それがもとになってトラブルが起きてしまい、大混乱になった。

その混乱に乗じて、近隣の領主や商人がハゲタカのように集まってきたのだ。

おかげで事態はさらに混沌となり、結果的に俺はすべてを失うこととなった。

唯一残ったのが、父親から譲られたヴェスダット男爵位だけだ。

これのおかげで貴族としての特権や年金を手に入れることが出来ており、幸いにも飢え死にはしていない。

けれど、元々の領地はすでに他人のもので、帰れる状態ではなかった。

おかげでこうして、貴族らしくない旅人なんかをしている訳だ。

普通の貴族だったら、プライドを砕かれて自殺しているかもしれない。

ただ、幸運なことに俺は普通の人間ではなかった。

俺には前世の記憶があり、それは日本という国で暮らしていた若者のものだった。

そのときの経験のおかげで、裕福な暮らしから地味な旅人生活に転落しても諦めず生きている。

「……そうだ。転落する人生があるなら、どん底から成り上がる人生もある。俺は絶対にここでは終わらないぞ！」

転生のとき、一度は人生の一番底、死というものを経験したせいかもしれない。

俺は前世で生きていたころより、かなり諦めが悪くなっていた。

もう一度貴族として華やかな生活を送りたいという気持ちが、どんどん湧き出てくる。

「それだけじゃない。どうせやるなら、もっと上まで……」

やるならば、とことん上り詰める。

それが今の俺の考えだった。

一応、そのためのプランもいくつか考えてある。

その一つが、跡継ぎ息子のいない貴族家へ婿入りすることだ。

「ブロン帝国では、男子にしか爵位の継承が出来ない。娘しかいない場合はどこからか養子を貰うか、婿を取るしかないからな」

ただ、それには迎え入れる男の背後関係がネックになる。

婿養子であっても、爵位自体は男が継ぐことになるから、そのバックに別の貴族がついていたら大変だ。家を乗っ取られてしまう可能性がある。

「その点で、俺は魅力的に見えるはずだ」

なにせ、男爵の爵位以外には何も持っていないのだ。

金や土地はもちろん、他の貴族との縁まで失っている。

それに加えて、ヴェスダット男爵家は家格こそ低いが、それなりの歴史がある家柄だった。

父親は王都での舞踏会に何度も参加していたから、名前は良く知られているはずだ。

一番重要な、身分を保証するものだってちゃんとある。

上手く他の貴族家へ取り入ることが出来れば、そこからまた成りあがることも出来るはずだ。

「今の俺には地盤となるものが何もないからな。手っ取り早く再起するには、婿入りするしかない」

結婚してしばらくは、相手の信頼を勝ちとるために努力しないといけないだろう。

けれど、家中を掌握してしまえば、後は当主の権限である程度は好きにできるはずだ。

「……まあ、あんまりひとりで考えていても仕方ない。飯でも食べるか」

俺は立ち上がると部屋から出て、宿の一階の食堂へ向かった。

この宿屋の食堂は宿泊客以外にも開放されていて、かなりの人数が入っている。

まあ、宿泊客専用の食堂がある宿なんて、王都かそれに準ずる大都市にしかないけどな。

普通の宿はどこも、大衆食堂か酒場を兼業しているのだ。

大抵の貴族は、田舎に行くときは屋敷を借りてそこで過ごす。

さすがに今の俺が使える金では、そんな場所には泊まれない。

以前までならともかく、領地を失ってしまった今は貰える金の量も減っているからだ。

しかし普通の貴族たちは、こういう平民といっしょの空間で過ごす生活自体に耐えられない。

それで人生を諦めてしまうんだろう。

俺はウェイトレスに食事を注文すると、カウンターの空いている椅子に腰掛けた。

「さて、久しぶりに他人の作った料理が食べられるな。楽しみだ」

旅の途中の食事は、ほとんど保存食で味気なかった。

一応、狩りや採集が出来ない訳じゃない。

貴族は義務として、戦いがあれば参加する。

それに、馬に乗って狩りに出かけるのも娯楽の一つだし。

おかげで、貴族家の男子であればある程度は、剣や弓を扱える。

でも剣じゃなかなか上手く狩りは出来ないし、弓での狩りが出来たのも従者や猟犬がいたからだ。

俺ひとりで野生の動物を狩ろうとすれば、多大な労力がかかるだろう。

野草の採集なら、狩りに比べれば労力が少ないし、栄養面でも重要だからよくやっていた。

貴族のもうひとつの利点に、一般人よりはるかに多くの本が読めるということがある。

俺は家が差し押さえられる前に、ひとり暮らしで役立ちそうな本をいくつかいただいていた。

その中に植物図鑑もあったおかげで、旅の中でも栄養不足に陥らず、安全な植物だけを採集できている。

そんなことを考えていると、食事が運ばれてきた。

「はい、お待ちどうさま。ゆっくりしていってね、お兄さん」

「ああ、ありがとう」

ウェイトレスに礼を言うと、さっそく食事にとりかかる。

ちなみに、この宿に泊まるときには、自分が貴族だとは名乗っていない。

服装も旅人然としたものだし、一見しただけでは見抜けないだろう。

これは面倒ごとを避けるためのものだった。

こんな町中に貴族がいると知られれば、大騒ぎになるだろう。

もしかしたら、貴族に恨みを持つものの八つ当たりを受けるかもしれない。

俺の故郷では統治が上手くいっていたけれど、そういう場所ばかりじゃないことは、これまでの旅でよく分っている。

先日も治安が悪かった地域でひと揉めあったが、幸運にも顔見知りの商人に出会ったので、こっそり荷馬車に紛れ込んで通過することが出来た。

そうでなければ、俺が貴族だとバレただけで袋叩きにされていたかもしれない。

そんな経験もあって、貴族だと知られることには警戒しているのだ。

俺はあまり目立たないようにしつつ、黙々と食事をとる。

「ふぅ、やっぱり旨いなぁ」

パンや干し肉を煮ただけのスープとは大違いだ。

旅を始めた最初こそ舌が肥えてしまっていたから苦労したけれど、今では庶民的な感覚になっているると思う。

そのまま温かい食事に舌鼓を打っていると、突然隣の男から話しかけられる。

「よお、あんた旅人か？」

「えっ？　ああ、そうだよ」

少し驚きつつ平静に答える。

男は中年くらいで、体はかなりがっしりしている。

厚手の服を着て、膝には汚れた前掛けを置いていた。

もしかしたら何かの職人かもしれない。

「やっぱりそうか、この辺じゃ見ない顔だからな！」

そう言うと、職人はお茶を一口飲んで話を続ける。

「兄さんはどこから来たんだ？」

「西の港町ですよ」

俺は素直に自分の出身地について話す。

下手に誤魔化してボロが出てしまっては元も子もない。

それに、貴族だとバレさえしなければいいのだ。

俺の話を聞いた職人は驚いた顔を見せた。

「なに、港町だって!?　そりゃあ、かなり遠くまで来たんだなぁ。このゾイル伯爵領は帝国の東端、正反対だぜ」

確かに彼の言う通りだ。

ブロン帝国は大陸の西端にあって、俺の故郷は帝国西部の港町。

つまりは大陸の端っこだ。

周辺で随一の国土を誇る帝国の、東西を横断してきたのだから。

「なんでまた、そんなところからやってきたんだ？」

「父親に、自分の仕事を継ぐ前に見分を広めて来いと言われたんですよ」

「へえ、そうなると実家は商人か？」

「あはは……まあ、そんなところですね」

俺はそのあと、食事をしつつこの男と話をすることに。

どうやら彼は俺の見立て通り職人で、主に調理道具などを造っている鍛冶師だという。

その話を聞いて俺は、幸運だと思った。

鍛冶師のような職人は町に密着している商売で、信用もある。

お客も一般市民だし、いろいろな話を知っているだろう。

俺がこの町の情報を知るためには、大当たりの人間だ。

話の途中でおだてたりしつつ、できるだけ情報を話してもらう。

おかげで、わずかな時間でかなりこの町について知ることができた。

その中には俺の知りたかった有力な情報もあったのは、大きな収穫だ。

「いろいろと話しを聞かせてくれてありがとうございます。これはお礼です」

注文したお酒の瓶を前に置くと、彼は笑みを浮かべる。

「なかなか気前がいいじゃないか。鍋や包丁が必要になったらうちに来な、サービスしてやるぜ」

「ありがとうございます。では、俺はこれで……」

俺は頭を下げつつカウンターを離れる。

そして、階段で二階に上がると室内に閉じこもった。

そこで、いま手に入れたばかりの情報を整理する。

「ここはゾイル伯爵領の中心地、エニタ市か。それで、ゾイル伯爵領の半分は五十年前にブロン帝国が併合したセジュール皇国の領土だと……」

ブロン帝国はかつて帝国主義に染まっていた。

特に五代前から三代前までの皇帝三人は、領土拡張に積極的だ。

おかげでその三代だけで、帝国の領土はそれ以前の二倍にまで膨れ上がった。

その中でブロン帝国に飲み込まれた国の一つが、セジュール皇国だ。

その皇国の姫君は併合の際に恭順の証として、当時のゾイル伯爵に嫁いだという。

セジュール皇国の領土はいくつかに分割されたが、一番大きな土地はゾイル伯爵家に編入されたからだ。

皇国の元領民も同じで、半数ほどが今もゾイル伯爵領で暮らしている。

セジュール皇国の一部を編入したことで、ゾイル伯爵家の力は増した。

今では、帝国東部でも有数と言われるほどの勢力を誇るほどだ。

爵位は伯爵だが、実際の力はより上位の侯爵に匹敵すると言われている。

この辺の貴族事情についてては、俺も少し知っていた。

「併合されたとはいえ、当時のゾイル伯爵が有能だったこともあって、反乱は一度も起きていないみたいだな」

多民族の領地を統治するというのは、普通の領地経営より何倍も難易度が高い。

うちも港町で色々な人間が出入りしていたからよく分る。

「ただ、今の状況はそんなに良くないみたいだな」

少し前までは平穏だったが、昔からの領民と元セジュール皇国民の間で、対立する空気があるらしい。

その原因はゾイル伯爵家にあった。

「半年前に伯爵夫妻が馬車の事故で死亡、か……」

突然当主を失った伯爵家は、大混乱になったようだ。

しかも、死んだ伯爵が領民に慕われていたからなおさらだ。

さらに状況を悪くしたのが、伯爵に息子がいなかったことだろう。

いたのは娘がひとりだけ。

今は彼女が領主代行の役につき、執務を代行しているらしい。

けれど、帝国の法律では男子しか伯爵家の跡を継ぐことが出来ないのだ。

次期当主をどうするか、それで親族たちが揉めてなかなか結論が出ていない。

その間にも領主の不在という不安が広がり、領民の間で対立の空気を生んでしまっているようだ。

「これはなかなか難しい状態だな」

一歩間違えれば、領地で紛争が起きかねない。

だが、俺は同時にチャンスだとも考えた。

「跡継ぎのいない貴族家、しかもゾイル伯爵ほどの家に潜り込めるチャンスは、後にも先にもないだろう。やってみるか」

思い立ったらすぐ行動だ。

いつ次期当主が決められてしまうかも分からない。

出来るだけ早く目標に接触することが求められた。

幸い、旅をしながら考えたプランの中に一つ使えそうなものがある。

細部を調整しながら実行するとしよう。

「忙しくなるな。でも、俺が成り上がるためだ」

そう自分に言い聞かせ、俺はさっそく計画の修正を始めるのだった。


翌日から俺は、街中で伯爵家の情報を集め始めた。

主な聞き込み対象は商人だ。

それも、伯爵家やその親族へ商品を納入しているところがいい。

旅の中で手に入れた珍しい品で、商人たちの気を引きつつ情報を集めた。

三日間、集中して情報収集へ取り組む。

おかげでだいたいは、望んだ情報が手に入った。

「よし、これならいけるかもしれない……」

伯爵家とその親族の情報をまとめた紙を、テーブルに置く。

そして、残してあったもう一つの紙を手に取った。

「伯爵令嬢、セシリアか」

伯爵家にただひとり残されたご令嬢だ。

その彼女が明日、エニタ市長夫人が開くパーティーに出席するという。

普通の貴族なら、市長が開くパーティーでは顔を見せる程度だが、このお嬢様はどうやらかなり活動的らしい。

町の様々なイベントに参加したり、周囲の町や村を視察するのが好きなようだ。

おかげで領地の人々からは、親しみやすい身近なお嬢様として慕われているとか。

反対に、親族などからは庶民的すぎると苦言を呈されているらしい。

お嬢様本人は、親族からの苦言を少し鬱陶《うっとう》しく思っているとか。

俺が今までに出会ってきた貴族令嬢とは、だいぶ雰囲気が違うようだ。

けれど、俺にとってはそれも好都合だった。

ガードの硬い貴族令嬢に接触するには、絶好の機会だからだ。

次の日、俺は身だしなみを整えてパーティー会場へと向かう。

今身に着けているのは、実家から持ち出してきた一張羅《いっちょうら》だ。

貴族というのは、見た目をかなり気にする。

たとえ正当な貴族の資格を持っていても、みすぼらしい外見なら話そうともしないほどに。

だから荷物としてはかさばっても、この服を肌身離さず持ち歩いていたのだ。

それに、この衣装の上着にはヴェスダット男爵家の家紋が縫い込んである。

正当な権利を持つ者以外が、勝手に家紋を使えば重罪だ。

この衣装そのものが、俺がヴェスダット男爵である証明書の一つでもあった。

他にもいくつかあるが、一見して分かりやすいという意味ではこれが一番だろう。

「ふむ、ここだな」

町はずれにある屋敷。ここが市長の別荘で、パーティー会場でもあった。

俺が正面から中に入ろうとすると、当然衛兵に止められる。

「申し訳ございません。招待状、あるいは紹介状をお持ちでない方の入場はお断りさせていただいております」

衛兵の対応も丁寧で、目上の人間に対するものだ。

これが旅人の服装のままだったら、摘まみだされて終わりだっただろう。

「そうか。紹介状というのはこれで良かったかな？」

俺は懐から一枚の紙を取り出す。

これは先日、この町の商人との話し合いで、故郷から持ってきた真珠と交換したものだ。

内陸部であるこの領地では海産物、特に真珠などは滅多に手に入らない。

沿岸部から運ばれてくる中でいくつもの貴族の領地を通り、その度に課税されてしまうからだ。

しかし俺は貴族の特権として、手荷物を改められることなく領地を超えられる。

金貨以上の価値がありつつ、小さくて軽い真珠は隠し持てる財産として有能だった。

「こ、これは……エニタ中央商会の会長様の紹介状！　失礼いたしました！」

「良いんだ、仕事を続けてくれ」

難なく第一関門を突破した俺は、中へ進んでいく。

すでに会場内には多くの人々が集まっていた。

さすが、東部でも有数のゾイル伯爵のお膝元を預かる、市長夫人の開いたパーティーだ。

夫人が開いたものとあって、女性の数が多いのが特徴だろうか。

これも俺にとっては好都合だった。

婦人たちがメインのパーティーである以上、有力者である夫たちはあまり出てこない。

必然的に警備のレベルも低下している。

「さて、セシリアは……」

俺は屋敷の中を回って、彼女の姿を探す。

人相については、取引した商人から聞いていた。

「確か、栗毛で活発な印象の少女だったな。あと、髪型を変えていなければポニーテール」

栗毛というのは帝国では珍しい。

どうやらセジュール皇国の血筋から来るもののようだ。

併合から五十年が経ち、最近はセジュール皇国出身の人間も領地の上流階級に食い込んでいる。

けれど、まだまだ珍しい分類のはずだ。

ちらほらと栗毛の女性は見かけるが、どれもマダムと言っていい年齢。

会場にセシリアらしき少女の姿は、なかなか見つからなかった。

「おかしいな、もう帰った後なのか？」

少し焦りながら一度、屋敷を出る。あとは、可能性があるとすれば裏庭くらいだろう。

確か市長夫人の造った庭園があって、セシリアが気に入っているという噂だった。

「頼むから居てくれよ」

庭園に足を踏み入れると、隅々まで探す。するとしばらくして、小さな池のほとりでしゃがみ込んでいる少女を見つけた。栗毛のポニーテールだ。

「あれか……？」

俺は逸《はや》る気持ちを抑えつつ、ゆっくり近づいていく。そして驚かせないように声をかけた。

「すみません、お嬢様」

「あっ、はい！」

俺の声を聞いて、少女が立ち上がる。

そしてこちらを向くと目が合った。

ぱっちりとした大きな目で、瞳はエメラルドのように輝いていた。

顔立ちも可愛らしく、普通のご令嬢より化粧っ気が薄いから素朴に見える。

けれど、亡国のお姫様の血を受け継いでいるからか、不思議と気品があった。

その様々な要素が奇跡的に組み合わさった美しさに、つい見とれてしまいそうになる。

あまりに圧倒的な魅力だった。貴族育ちの俺でさえ、こんなにも可憐な令嬢に出会ったことはない。正直なところ、このまま一日中彼女のことを見ていたい気分だ。

成り上がりの目標のことさえ、一瞬だけだが、俺は忘れてしまっていた。

でもそんな場合じゃないと、心の中で自分に活を入れてなんとか口を開く。

「失礼しました。あなたがゾイル伯爵のご息女、セシリア様ですか？」

「はい、そうですよ。わたしがセシリア・セジュール・ゾイルです」

ハッキリとした声で答えるセシリア。

その言葉に、第二段階をクリアしたと心をなでおろす。

後は彼女に上手く取り入るだけだが、もちろんそれが一番難しい。

俺は慎重に……そして思った以上にドキドキしながらも話しかけていく。

「やはりそうでしたか。私はユーリ・ヴェスダットと申します。お嬢様にお会いできて光栄です」

貴族式の礼で挨拶する。

俺は曲がりなりにも男爵家の当主であり、伯爵家とはいえセシリアはあくまでそのご令嬢。

けれど、家格や権威では圧倒的に向こうが上なので、それなりの挨拶になる。

向こうも、俺が貴族だということはすぐに分かっただろう。

「ヴェスダット……ごめんなさい、お名前に覚えがなくて。この辺の貴族ではないですよね？」

「いえ、どうかお気になさらず。元々、西方の港町出身なので」

「えっ、西方のですか？　そんなに遠くから、いらっしゃったんですね！」

少し驚いた様子のセシリア。

確かにこの辺りで、港町出身の貴族は珍しいだろう。

ほとんど皆無と言っていいはずだ。

俺は彼女が興味を持った話題を軸に、話を進めていくことに。

十分ほど話した後で、俺が男爵家の当主であることを正式に明かす。

ある程度の予想はしていただろうけれど、実際に家紋を見せると安心した様子になっていた。

年頃の女の子にとって、見ず知らずの男性と話すのはリスクがある。

貴族の令嬢、しかも未婚ならばなおさらだ。パーティー会場という空間だからこそ、気軽に話に乗ってくれていたに違いない。

セシリアは普通の令嬢よりも好奇心旺盛なところがあるようだけれど、相手がちゃんとした貴族であることを知って、やはり安心したようだった。

俺とセシリアはそれからもおしゃべりを続けて、少しずつ打ち解けていく。

中でも、俺が多くの参加者を募って開いたボートレースの話に、大いに興味を持ったようだ。

海原を高速で突き進むボートの話をすると、目を輝かせていた。

「ありがとうございます男爵様。ここは内陸なので海のお話はなかなか聞けなくて……とても楽しかったです！」

「喜んでもらえたようで光栄ですよ。俺もあなたのような美しい方とお話し出来て光栄です」

俺はそこで一息つくと、もう少し踏み込むことにする。

「本当にセシリア様との会話は楽しいです。もし良ければ、これからは親しみを込めてユーリと、名前で呼んでもらえると嬉しいです」

「もちろんです！　ではユーリさんとお呼びしますね。わたしのこともセシリアと呼んでくれると嬉しいです」

「そうですか？　……じゃあ、セシリアと呼ばせてもらうよ」

少し砕けた調子で答えると、嬉しそうに笑みを浮かべるセシリア。

やはり、あまり堅苦しくしないほうが、彼女には好印象を与えるようだ。

「よろしければ、奥のほうでもっとお話しをしませんか？」

そして、セシリアのほうからそう提案してきた。

「ああ、もちろん。喜んで」

俺は頷くと、彼女といっしょに屋敷の中へ入っていった。

通されたのは屋敷の二階にある一室。

どうやらここは、セシリアだけの休憩室になっているらしい。

「立派な部屋だ」

「わたしはパーティーの主役じゃないですし、あまり気を遣わないでもらいたかったんですけどね」

彼女はそう苦笑いしながら、俺にも席を勧める。伯爵令嬢ともなれば、今日のゲストの中でも最高位の客に違いない。そう言う意味ではこんなところにいていいのか分からないが、もしかすると、息苦しい場から逃げていたのかもしれないな。

そしてテーブルを挟んで、彼女と向かい合った。

「わたし、もっとユーリさんの故郷のお話を聞いてみたいです！」

「ああ、好きなだけしてあげるよ」

セシリアが嬉しそうだと、俺もなんだかとても楽しくなる。

それから俺はしばらく、故郷のことを聞かせることにした。

一時間ほどが経っただろうか、不意に時刻に気づいたセシリアがあっと声を上げる。

「もうこんな時間に!?　すみません、わたしお屋敷に帰らないと……」

どうやら何か予定が入っているようだ。

「すみません、ユーリさんにお話を聞いてばかりで……」

正直に言えば、早めに彼女に取り入りたかったけれど、焦っても仕方ない。

女性にグイグイと押しすぎて、印象を悪くされては元も子もないからな。

せっかく第一印象をよく出来たんだから、もう少し時間をかけることにしよう。

「いや、いいんだ。でももし機会があれば、また話がしたいな」

「ええ、もちろんです！」

そう言うと立ちあがり、部屋を出ていこうとするセシリア。

そこで俺は、ポケットの中に入れておいた物のことを思いだして声をかける。

「セシリア、少し待ってくれ」

「なんでしょうか？」

振り向いた彼女に、ポケットから小箱を取り出す。

開けると、中には真珠をあしらったネックレスが入ってる。貴族の女性と合うのだからプレゼントは必須ということで、商人に職人を紹介してもらい手持ちの真珠を飾ってもらったのだ。

「これを受け取ってほしい。俺たちが出会えたお祝いに」

「えっ、こんな高価なものをですか!?」

セシリアが目を丸くして驚く。

それもそうだ。俺の手持ちの真珠の中でも特に良いものを使ったんだから。

この内陸部でなら、大貴族の息女であるセシリアでも驚くほどの高値になっているだろう。

「うちの故郷で採れたものなんだ。ぜひ貰ってほしい」

そう言うと、彼女は頷いて受け取ってくれる。

「ありがとうございますユーリさん。ユーリさんの故郷のお話、ほんとうに面白かったです。その記念ですから、大切にしますね」

彼女は笑顔で言うと箱をしまう。俺はその言葉に、心の中で感動してしまっていた。

「このお礼は必ずしますね。では、また」

「あ、ああ。次に会えるのを楽しみにしておくよ」

俺はセシリアを見送り、こうしてファーストコンタクトは終わった。

「ふぅ……まあ、なかなか上出来だったんじゃないか？」

彼女がいなくなったあと、俺は一息ついて椅子に座る。

かなりの好印象を与えられたはずだ。それに……。

彼女が何度も故郷を褒めてくれたことが、俺の心にずっと響いている。

あの特別な美しさ。そして、転生者であるために庶民感覚を持つ俺から見ても、まったく貴族的なイヤミのない好ましい性格。セシリアは、計画のことを置いておいても、理想の少女に思えた。

「よし、ここから確実に伯爵家へ取り入っていくぞ」

俺の計画はまだ始まったばかりだ。彼女が相手なら、気合いも入るというものだった。

それから、俺は何度かチャンスを探してセシリアに接近していった。

幸い、彼女が貴族の令嬢にしては活動的なのもあって、パーティーのときのような機会は多かった。一ヶ月もするともう、友人といえる関係にまで至ったと思う。

家臣たちにも顔が知れてきたので、会うのもだんだんスムーズになっている。

一方で、俺のことをセシリアに近づいている悪い虫だと思っている奴らも、周囲には多いが。

わざわざそこまで印象改善をする暇はないので、今は放置だ。

誰であれ、俺が爵位持ちだから簡単には文句を言えないようだし。

こういうとき、貴族というのは便利だな。

俺の狙いはあくまでセシリアだ。

彼女さえ攻略することが出来れば、こっちのものなのだ。

そして、あるパーティーの夜についに、ふたりで会うことに。

俺はそこで勝負を仕掛けることに決めた。

幸い、セシリアにさらに取り入るための材料は掴んでいた。彼女が望むことと、俺が目指すことは決して矛盾していない。きっと大丈夫だ。

「こんばんはユーリさん。来てくれて嬉しいです」

「こっちこそ、呼んでもらえて光栄だよセシリア」

場所は伯爵家の屋敷。彼女の私室だ。友好関係を深めた結果、少し前からは、ここまで立ち入ることを許してもらえていた。

テーブルを挟んで椅子に座り、まずは他愛ない会話で雰囲気を滑らかにする。

それからしばらくして、俺は何気なさを装って会話の流れを変えた。

「そう言えばセシリア、最近町の雰囲気が少し良くないみたいだね」

すると、彼女の表情が少し暗くなった。

「ええ、そうなんです。住民の間で不安が広がっているみたいで……」

今、伯爵領では大きく分けて三つの問題が起きている。

一つ目は、元々ゾイル伯爵領に住んでいた住民と、併合されたセジュールの民の対立。

元セジュール国民が帝国から二等国民として扱われていることが、差別を生んでいる。

二つ目は、帝国へ治める税の増大だった。

これは特に地方のほうが、より税が重くなっている。

帝国の東の端にあるゾイル伯爵領も、もちろん当てはまっていた。

前皇帝の治世では、征服した土地への懐柔効果を狙って地方の税が低めだった。

しかし、皇帝が変わってから方針も変わったのだ。

今まで税が軽かったのだから、その分多く取り立てていくつもりらしい。

もちろん住人たちは反発し、混乱の原因になっている。

そして最後の問題が、統治者である伯爵夫妻が事故死してから後継者が決まっていないことだ。

本来なら早急にどこからか婿を迎えるべきだが、今は親族たちが婿の選定でもめている。

誰もが自分の有利になるように、別々の候補を立てて争っているからだ。

中にはセシリアを亡き者にして自分が伯爵になろうとする者もいる、という噂さえある。

彼女もそんな現状を苦々しく思い、争いを続ける親族たちを煩わしく思っているらしい。

だが、令嬢でしかない彼女は、大胆な手は打てないでいる。

「わたしとしては、早くこの混乱を治めたいと思っています。そのための覚悟も決めています」

セシリアの言葉には真剣な気持ちが籠っていた。

それだけ領地の人々を思う気持ちが強いんだろう。

短い付き合いではあるが、セシリアと話せば話すほどに、彼女がいかに優秀であり、領地経営について真剣であるかを知ることが出来た。セシリアは代理などではなく、ほんとうに伯爵となってこの領地を経営したいのだ。

残念なことに、彼女の親族にはそれが出来る者はいない。仮に親族から婿を迎えても、領民に心を向けることができる男など、居はしないのだ。

「セシリアほど領民のことを思える領主は、なかなかいないよ。どんなことにせよ、素晴らしい決意なんだと思う」

「そ、そうでしょうか？　ユーリさんに言われるとなんだか恥ずかしいですね」

俺の言葉に少し顔を赤くするセシリア。

これまでのやり取りで俺が帝国中を旅していたことを知っているからか、彼女の中で俺は、経験豊富な先輩貴族的な扱いになっているようだ。確かに下級貴族としてはそれなりに情報通だと思うけれど、領主としてならセシリアのほうが立派だし能力もあるだろう。

まあ、彼女が好意的に思ってくれているなら、とても嬉しい。もちろん、男としてもだ。

俺はその好意を信じて、そして婿入りという目的のためにも、いよいよ一線を踏み越えることにする。

「……セシリア、実は少し相談があるんだ」

「相談ですか？」

「ああ。セシリアは早く伯爵位の継承を行って、領地を安定させたいんだろう？」

すると彼女は頷く。この話題はこれまでにも何度も、ふたりだけでの会話には出ている。

「はい、これ以上混乱が続くのを見ていられません。この土地と、そこに住む人々のことを考えてくださる方なら、どなたでもいいんです。民への重税を跳ねのけてくださるような強い力を持っている方なら最良ですが……」

「なら、俺がセシリアの相手に立候補しても良いかな？」

「……えっ？」

驚く彼女を前に、俺は椅子から立ち上がる。

そして、机を回り込んでセシリアの前で跪《ひざまず》き、頭を下げる。

「ユ、ユーリさん!?」

「突然のことで驚かせてしまって申し訳ない。けれど、一度言いたいことを飲み込んで、最後まで話を聞いてくれないか？」

「……分かりました。だから頭を上げてください」

「ありがとうセシリア」

俺は頭を上げ、立ち上がると椅子を彼女の隣へ移動させる。そこで改めて座ると、話を始めた。

「これまでの付き合いで、俺はずっとそのことを考えていたんだよ。もちろん真剣に、さ。セシリアの下へ俺が婿に入って、ゾイル伯爵を継ぐ。そして、領地の統治に関してはすべて、セシリアのいいようにすればいい。それなら、実質の伯爵はセシリアになるだろう。君の願い通り、セシリアがこの家を継承するんだよ」

「えっ……でも、そんなことが可能なんですか？」

俺のあまりにも直接的な提案に、首をかしげるセシリア。

「今までの貴族は誰も真剣にはやらなかっただけで、女性のセシリアにだって、伯爵としての役割をこなせないなんてことはないよ。それに、この土地をよく知っているセシリアのほうが、俺より、あるいはどこかの誰かなんかよりも、ずっと上手く統治できるはずさ」

それに正直に言えば、俺にだってゾイル伯爵領を真剣に統治する気はない。

俺の目的は、この手に貴族としての権力と権威を取り戻すことだ。

政治や外交に適した人間がいるなら、そちらに任せてしまえばいい。

その点、セシリアはそのすべてを兼ね備えたお嬢様だ。

両親が亡くなってからも、代理として立派にこなしてきた実績もある。

領民や家臣は、ポッと出の俺が伯爵になることにはきっと反対するに違いない。

けれど、実質的にはセシリアが統治を行うということを知れば、気持ちも治まるはずだ。

「でも、それではユーリさんの将来を縛ることになってしまいませんか？　故郷にだって帰れなくなってしまうかもしれません」

「確かに故郷を懐かしむ気持ちもあるけれど、俺はセシリアがやりたいというのなら手伝いたい。心からそう思っているんだよ」

「ユーリさん……わたしのために」

もともと感動屋でもあるセシリアは、目を潤ませている。

「今までわたしのために、そして領民のためにそんなことを言ってくださる人はいませんでしたっ」

そう言うと、膝の上に置いていた手をギュッと握りしめる。

やはり娘だということもあって、伯爵の仕事を継承できるとは、誰も真剣には思ってくれなかったんだろう。彼女がいかに領民思いで、伯爵としての責任感に溢れていたとしても、あくまで代理扱いを受けてきたことは噂で何度も聞いていた。

そして、これまでの彼女との会話のなかでも、その思いの強さはいつも滲んでいたんだ。俺が故郷の話を繰り返すうちに、彼女も自分の境遇を話してくれるようになっていた。

そこではいつもこれからの領地の未来が語られ、それが自分の手では出来ないことへの苦悩もあった。

けれど俺の提案でなら、自分の力で統治出来るかもしれないという希望が出てくる。

親族から婿を選べば、権限はなにもかも取り上げられてしまうだろう。

彼女にとっては、大きなチャンスに見えるはずだ。そう思ってもらえるように、これまでの付き合いで好感度も上げてきたつもりだった。

「……本当に、やらせてもらえるんですか？」

「ああ、約束する。もちろん、表向きには俺が統治していることにするから、少しは手伝わせてもらうけれどな」

その言葉を聞いて彼女は決断したようだ。一つ頷くと席を立ち、こちらを見る。

俺も合わせて立ち上がり、セシリアと向かい合った。

「分かりました。ユーリさん、ゾイル伯爵家へ婿に来ていただけますか？」

「こちらからも、よろしくお願いするよ」

俺は彼女が出した手を握り返し、ここに約束が結ばれた。

「ユーリさん、わたしの夢に協力してくれて、ありがとうございます」

「いや、セシリアこそ。俺の気持ちも受け入れてくれてありがとう」

「えっ……」

俺は彼女と繋いだままの手を引っ張る。

そのまま抱き寄せると、セシリアが驚いて少し声を漏らした。彼女の体が俺に寄りかかる。

「あ、あのっ！」

「だってこれは、プロポーズなんだからね。……実を言うと、最初から君を狙っていたんだ」

俺はここで、自分の本心を告白する。

「ど、どういうことですか？」

「最初に君を見たときから、ずっと心を惹かれていた」

「わたしに、ですか？」

信じられないというように、驚いた表情をするセシリア。

「ああ、本当だよ。最初はその美しさに、そして次第に高潔な心に惹かれてしまった」

これも本心だった。出合ったあのときから、ずっとセシリアに心を奪われている。

最初にセシリアを見たとき、予想以上の美しさに驚いた。

俺は成り上がるためなら、結婚相手を顔や性格で選ばないつもりだったんだ。

けれど、セシリアを見たときに、男としての欲が出てしまったのは否定できない。

それに彼女の、ある意味で貴族らしくない庶民的な部分も好ましく思えた。

前世では一般人だった俺にとって、いっしょに話していると心が休まる、価値観を共有できる相手というのは魅力的に思えたからだ。

もしかしたら、成り上がりのためだけなら、いつかもっといい条件があるかもしれない。

けれど俺は自分のパートナーとしても、セシリアを選んだんだ。

「わたし、変わり者ですから……。そんなことを男の人に言われたのは初めてです」

少し恥ずかしそうに頬を赤らめるセシリア。

普段はなかなか見ない表情だけど、とても魅力的に見える。

「もっと色々と言ってみようか？」

「や、止めてくださいっ！　これ以上言われてしまったら、恥ずかしくて顔を上げられませんっ！」

「ははは、そうか。でも、夫婦になったらもっと恥ずかしいこともするんだぞ」

「ッ！」

彼女の体がビクッと震える。

「そ、そうですよね。夫婦になったら……」

「気付かないなんて、よほど継承について悩んでいたんだね。でも、俺たちは夫婦ってことになるんだよ？　セシリアさえ良ければ、今日その練習をしてみるかい？」

「えっ、そんな……これから、ですか？」

「そうだ」

俺としては、早く既成事実を作ってしまいたいという建前もある。もちろん、セシリアが婿入りをOKしてくれたことへの嬉しさで、浮かれてもいるのだけれど。

それに、もしこのことがセシリアの親族に知られたら、絶対に妨害してくるだろう。

とはいえ、無理やりするわけにはいかない。

「でも、わたし、上手くできるかどうか……」

貴族の令嬢だから、ある程度の性教育は受けているんだろう。

でもきっと、まだ男性経験はないからか、自信がないようだ。

それでも、これはこのまま押せばいけそうだと感じた。

「大丈夫。そこは俺がリードするよ」

「でも……あっ！」

手を握っているのとは逆の手を、彼女の腰に回す。

「ユーリさんっ！」

「大丈夫、酷いことはしないよ」

優しい声を意識して話しかけながら、俺は腰に回した手を動かす。

「あ、うぅ……」

ゆっくり腰回りを撫でるようにしながら、セシリアを俺の手の感覚に慣れさせていった。

数分そのまま撫でていると、少し緊張がほぐれてきたように思える。

「……このまま、ここでしちゃうんですか？」

室内を見渡してそう言うセシリア。

その言葉自体が、先ほどよりセックスへのプレッシャーが減っている目安になった。

「セシリアさえよければ、寝室にお邪魔してもいいかな？」

その問いかけに、彼女はたっぷり一分ほど迷った後、頷いた。

「……はい」

「じゃあ、行こうか」

この部屋から寝室までは、ドア一枚で繋がっている。ここから先は俺も初めて入る空間だった。

貴族令嬢の寝室といえば、寝台を始めとして豪華な家具やインテリアに埋め尽くされているのが常だ。しかし、セシリアの部屋は想像通りシンプルだった。

女の子らしい飾り気はあるものの、派手さはなく落ち着いている。

ここに比べれば、先ほどまでいた部屋が輝いて見えるだろう。

「ちょっと地味ですよね。でも、あまりキラキラしているのは落ち着かなくて、寝室はこうしているんです」

「いや、別に変じゃないよ。それに、俺もこっちのほうが落ち着く」

「わたしの旦那様に……そう言ってもらえると嬉しいです。ふふっ」

セシリアが嬉しそうに微笑む。

その魅力的な笑みを見ていると、俺は自然と彼女に唇を寄せてしまった。

「あっ……んっ！」

一瞬、緊張からか身を固くしたセシリアだけれど、俺のキスから逃げることはなかった。

握った手に少し力を込めて、キスを受け入れる。

「んっ、はぁっ……ちゅむっ……」

「あむっ……セシリア……」

「ユーリさんっ……んぁっ……！」

十分に唇を重ねると、次は舌を出して絡めていく。

彼女も慣れてきたのか自然に口を開いて俺の舌を受け入れ、同じように舌を動かしてきた。

ただテクニックに関してはさっぱりなようで、迷うように動いている舌に俺が自分のものを絡めていく。

「はむぅっ、んちゅっ！　はぁ、はぁっ……！」

部屋に入る前からずっと繋がれていた手が離れる。そして、代わりに両手が俺の腰に回された。

お互いに抱き合うような形になって、俺たちはキスに熱中していく。

「これが、キスなんですね……思っていたよりずっとすごいです」

セシリアは少し息を荒くして、羞恥心とは別の感覚で顔を赤くしていた。

「これよりもっとすごいこと、しちゃうんですよね……」

「ああ、そうだよ」

頷きながら、俺は彼女の体をゆっくりとベッドへ仰向けに押し倒した。

「あの、わたし経験は……あっ……はふぅ」

処女だということは分かっている。しかし、ベッドに寝かされたセシリアは、思ったより驚かなかった。ここまでの流れで、こうされることを予想していたのかもしれない。

こうなればもう後戻りする選択肢は向こうにもないだろう。俺もベッドへ上がり、またキスしながらもう一段階、行為を進める。両手を動かし、セシリアの体を愛撫し始めた。

「あ、んぅっ……ユーリさんの手がっ……」

壊れ物に触れるように慎重に、けれどしっかり性感帯を探していく。

首回り、背中、太もも、どれも敏感になりやすい場所だ。

その中でもセシリアは首回りが特に弱そうだった。

「んんっ、あっ……ひゃうっ！　そこは、ダメですっ！　なんだかゾワッとしてっ！」

「ここが感じるんだね。じゃあ、そこにもキスしようか」

「えっ!?　ま、待ってください！　やっ……ひゃうぅぅっ！」

首元にキスして、そのまま舌で舐める。すると、面白いくらい敏感になって反応した。

ドキドキと心臓が高鳴り、肌が興奮で紅潮していくのが分かる。

「あぁ……体が熱いですっ……」

目を潤ませ、切なそうな表情を向けてくるセシリア。

もうさっきまでの迷っている様子はなかった。

「セシリア、初めてをもらうぞ」

「はいっ」

彼女が頷くのを確認すると俺は手を動かす。短めのスカートを脱がせると、続けて下着に手をかけた。そこで一旦、セシリアへ視線を向ける。

「……どうぞ」

了解を得て、下着を横へとずらす。

「あぅっ……」

布地が退かされ、今まで覆われていた秘部が姿を現した。

割れ目からはすでに愛液が溢れている。

ここまでのキスや愛撫で、かなり感じてしまっていたらしい。

「あまり、見ないでくださいっ！」

「おっと」

さすがにここを見られるのは恥ずかしいらしく、足を閉じて隠そうとしてしまう。

俺は両手で足を押さえつつ、顔を上げた。

「悪い、もう見つめたりしない」

「……お願いしますね」

一言謝ると、彼女も許してくれた。足からも力が抜け、再び大きく開かれる。

「じゃあ、俺も同じようにするかな」

セシリアばかりに恥ずかしい恰好をさせては悪い。俺もズボンと下着を脱いで肉棒を晒した。

彼女とたっぷりキスして、体の感触も楽しんだおかげでこちらも硬くなっている。

「ッ!?」

彼女も興味があったようで俺の股間を見ていたが、肉棒が現れると目を見開いて言葉を失う。

「……セシリア？」

「そ、それが、男の人の……ユーリさんの……」

今まで以上に真っ赤になった顔を両手で覆ってしまう。まだセシリアには刺激が強すぎたらしい。

「そんなものが、わたしの中に入るんですか……？」

「最初はすこしキツいかもしれないな」

「うっ……でも、頑張ります。ユーリさんの妻になるんですから」

「セシリア……そう言ってもらえると嬉しいよ」

一目惚れした少女自身の口から妻になるなんて言葉を聞くと、なんだかさっきより興奮してくる。

「このまま中に入れるよ」

「はいっ」

一度彼女の頭を撫でると、ゆっくり腰を前に動かしていく。

「んぅっ……！」

やはりというか、まだ慣れていない膣内は狭かった。

なかなか入らないが、少し強めに力を入れると、徐々に肉棒が入り込んでいった。

「あぁぁっ！　な、中に入ってきますっ！」

「くっ、狭いな。でも……」

愛撫のおかげである程度は濡れている。

怪我をさせないように慎重になりつつも、ゆっくりと奥まで挿入していった。

そしてついに、純潔の証である処女膜を貫く。

「ひぎっ!?　あっ、ぐぅっ……!」

膜を貫いた瞬間、セシリアの口から苦悶の声が聞こえた。

ここまで順調だったけれど、さすがに処女喪失の痛みは抑えられなかったようだ。

膜を破ったときの痛みには個人差があるが、セシリアはそれが大きいほうだったらしい。

ギュッとつむった目の端には涙が浮かびつつも、再び開かれたときには、瞳はしっかり俺を見つめている。

「セシリア、大丈夫か？」

「はぁ、ふぅっ……はい、大丈夫です。すこしキツいですけど……ちゃんと、ユーリさんを受け入れられて嬉しいです」

彼女は目元の涙をぬぐうと、普段通りの笑みを浮かべていた。

「お願いします。もっと、ユーリさんのことを深くまで刻み込んで……」

「ああ、忘れられない体験にしてやる！」

「ユーリさんっ……あぅっ！　ひゃ、んんっ！」

その願い通りに腰を動かすと、彼女は嬌声を上げた。

俺はその声を聴きながら、徐々にピストンのスピードを上げていく。

「あぅっ！　はぁっ、あぁぁっ！」

「だんだん良くなってきたみたいだな」

セシリアの声から苦しさが取れてきているのが分かる。

膣内の具合も良くなってきた。いやらしく動いて、俺のものを締めつけてくる。

「か、体が熱いですっ！　お腹の奥からフワフワした感覚が昇ってきてっ！」

「それをもっとよく感じるといい」

そう言いながら、俺は手を胸元へ伸ばす。

「ひゃっ!?」

「……スタイルは良いと思っていたけど、想像以上だ」

セシリアは普段から厚着をしていないから、体の線からスタイルがよく分かる。

庶民的な性格に反して、体のほうはかなり立派に育っていた。

特に胸は、巨乳といえる大きさだ。

「ここも味わわせてもらおうかな」

そのまま手を動かして乳房を揉む。

最初は優しくなでるようにして、徐々に揉み込んでいった。

「あふっ、あぁぁっ！　ダメですっ、そんなっ……ひゃうっ！」

「こっちの感度もいいみたいだな」

入念な愛撫とセックスによる刺激が効いているのか、全身が敏感になっているようだ。

俺は愛撫を続けつつ腰も動かしていく。

二か所を同時に責められたセシリアの興奮は、一気に高まっていった。

「ひぃっ……あっ、あああぁぁっ！　やっ、ぅうっ！　そんなに、両方いっしょにされたらぁっ！」

乳首に指が触れ、肉棒が奥を突くたびに嬌声が上がる。そして同時に、俺も絶頂に近づいていた。

しかしブレーキをかけることはなく、そのまま突っ走っていく。

「わたしっ、このままじゃっ！　もう我慢できませんっ！」

セシリアが限界を訴え、俺はそれに頷くと言葉を返した。

「我慢しなくていいんだ。感じるまま、気持ちよくなってしまえ！」

両手で彼女の腰を掴み、思い切り引き寄せる。

そして、ラストスパートをかけて強いピストンで犯した。

「あうぅぅぅぅっ!?　ひゃっ、ひうぅっ！　イクッ、もうイってしまいますっ！」

「俺もイクぞっ！」

腰の奥から熱いものが迫り上がってくる。

もう絶頂を止めるすべはなく、そのまま駆け上がるだけだ。

互いの体がぶつかり合い、快感が交じり合っていく。

溶け合うような快感の中で、限界を迎えた。

「ユーリさんっ、来てっ！　わたしの奥までぇっ！」

「ぐっ……!!」

頭まで登ってきた快感が一気にはじける。その感覚は一瞬で全身に伝播して、次の瞬間、俺は射精した。快感と共に肉棒が震え、熱い白濁液を吹き上げる。

それは、同じく限界まで興奮を高めていたセシリアの、性感帯に引火した。

「あうぅっ!? なっ、中にっ! あああぁぁぁっ! あううぅぅううううぅぅぅうぅっ!!」

セシリアは一瞬で、全身を絶頂の快感に犯された。

頭のてっぺんから足の指先まで震える。目を見開き、口からは甘い嬌声が上がっていた。

合わせて膣内も蠢き、肉棒からより精液を搾り取ろうとしてくる。

その甘美な刺激に、俺は射精を重ねてしまった。

吐き出された精液は膣内だけに収まらず、逆流して結合部からあふれるほどに。

これまでに経験したどんな射精よりも、激しい快感だった。

「はぁ、はぁっ……セシリア、大丈夫か？」

俺は息も絶え絶えになりながら、彼女に声をかける。しかし、返事はなかった。

「……うぅ……ぁっ……」

セシリアは激しい快感にやられてしまったらしい。

ほとんど意識を失っていて、うめき声だけが聞こえてくる。

「しまった……」

やりすぎたと後悔しても遅い。俺は慌てて彼女の体を楽にすると介抱を始めるのだった。

翌日、屋敷の寝室。

結局、俺はあれから一晩屋敷に泊まり、ダウンしたセシリアにつきっきりになっていた。

そして今、彼女の前に正座をしてうつむいている。

「わたし、初めてだったんですよ？　あんなに激しくされたら耐えられないのも、仕方ないと思います」

セシリアは目の前のベッドに腰掛けて、不満そうに頬を膨らませている。

「気を失ってだらしない姿を晒してしまうなんて……すごく恥ずかしかったんですからっ！」

「本当に悪かった。もう少し加減すべきだったな」

挿入までは普通に順調だったけれど、そこから少し上手くいきすぎたのかもしれない。

かつてない興奮に、俺も自制心を放り出してしまった。

それだけセシリアとの体の相性が良かったということだ。

「もうあんな姿は絶対に晒しません！」

「ああ、俺も気を付けるよ」

そう言うと彼女も納得してくれたのか、不満そうな表情を収めてくれる。

「では、少し話を真剣なものに移しますね」

「ああ、そうしてくれると助かる」

俺が答えるとセシリアも真剣な表情になる。

「ユーリさんはわたしに婿入りして伯爵位を継ぐつもりだと言いましたが、具体的にはどうするつもりなんですか？　親族や家臣がそう簡単に許すとは思えません」

「確かに、そう思うのは当然だな」

貴族家というのは、当主とその家族だけで成り立つことは少ない。

多くの場合は、それなりに地元での権力を持つ親族などが関係してくる。

新しい領地に赴任した場合、その土地に結びつきのある商人や豪族と婚姻すれば、迅速に支配体制を確立できるからだ。

爵位が低く単独での力が弱い下級貴族や、地方の領地を持つ貴族であるほどその傾向が強い。

もちろんゾイル伯爵家は高位の貴族であり、単体での力も十分強い。

しかし、セジュール皇国の領地を編入するとき、支配体制を強固にするためにいくつかの勢力と婚姻を行ったようだ。

もう数十年も前のことだが、その関係はまだ続いている。

むしろ長い時間が経つことで、親族としての地位は強固になっていた。

実子とはいえ、爵位継承権のないセシリアからすれば大きな脅威になっている。

セシリアを攻略するにあたって、この辺りのことは事前に調べてあった。

「心配することはない、俺にいい案がある」

「良い案、ですか？」

「ああ。幸い、セシリアの親族たちは一致団結しているわけじゃないからな」

親族たちは元々、商人や軍人などの出身で、考え方や派閥がバラバラだ。

伯爵家を中心とした親族関係を築いているが、それぞれの仲が良い訳じゃない。

まずは一時的にでも、セシリアにお見合いをさせようとする親族の動きを止めて時間を稼ぎ、その間に婚姻の準備をするとしよう。

「ただ、それにはセシリアにも協力してもらわないといけない。その案というのは……」

俺はセシリアに自分の考えを説明する。彼女は話を聞いて最初は驚いていた。

けれどその効果のほどを改めて説明すると、理解してくれたようだ。

「分かりました。わたしのできることならなんでもします」

彼女は俺の言葉に間髪入れず頷く。その反応を少し、意外だと思ってしまった。

「良いのか？　一部の親族は完全に敵に回すことになるかもしれないが……」

確かに彼女は、領内の混乱状態を続けている親族をよく思っていない。

しかし、俺の案は彼等に対する明確な敵対行為だ。

家族思いの普段の彼女なら、最終的には了承するにしろ、少しは迷うと思っていた。

「わたしも覚悟を決めました。決死て悪い人間ばかりではありませんが、今の伯爵家に本気で領地や民を救おうとしている人間は、わたししかいません。なら、やるしかないんです」

その言葉は決意に満ちていた。

「分かった。必ず成功させよう」

「はいっ！」

勝負は二週間後に開かれるという親族会議だ。

そこで親族が集まり、後継者についていよいよ話し合われるらしい。

それに向けて、俺たちは準備を進めていくのだった。

◆　◆

そして二週間後。

俺は正装をしてセシリアの屋敷を訪れていた。

すでに親族は集まっているようで、屋敷の前には馬車が並んでいる。

「いよいよだな……」

ここまでは、慎重に準備を進めてきた。

もしネタがバレてしまったら途中で邪魔が入って、俺もセシリアもまずいことになる。

彼女は外出できないよう軟禁されてしまうかもしれないし、俺も追放され、二度とこの土地に入れないだろう。けれど、幸いにも準備は上手く進んだ。

親族たちにも、家臣たちにも、バレている気配はない。

「さて、俺も行くか」

まだ他人である俺は今日は招待されていないので、こっそり屋敷へとお邪魔する。

こっちにはセシリアという協力者がいるから、警備の穴は筒抜けだ。

屋敷の中に入るとそのまま、セシリアに聞いていた会議室へ向かう。

一度中に入ってしまえば、むしろ警備が厳重な分、なかなか疑われたりはしないだろう。

元々この屋敷には何度も来ているから、使用人たちにも少しは顔が利く。

それでも正面から入るのは目立ちすぎるので、裏の扉を使うことにする。

中に入ると、大きな机を十人ほどの人間が囲んでいた。

俺はその様子を、部屋の中でも陰になっている部分からこっそりうかがう。

ちょうどこれから始まるようだ。

「……それでは皆さん、会議を始めましょう」

セシリアがそう声をかけて親族会議が始まった。

彼女は入り口から最も奥にある立派な席に座っている。

本来はあそこが伯爵の席で、今は代行の彼女が座っているんだろう。

そして、そんなセシリアから見て左右に、親族たちが分かれて席についていた。

「本日はいよいよ姫様の婿を決めるのですな」

右側に座っている太った男がまず口を開いた。

彼は元地方豪族のガンダ男爵だ。

自分の息子をセシリアの婿にして、伯爵家の実権を握ろうとしている。

「そうじゃなぁ、儂も楽しみじゃ」

左側に居る老人は、元商人のシェイン男爵。

彼の場合は、自分の甥っ子をセシリアの婿にしようとしている。

このふたりが親族の中では有力者だ。

もちろん、彼らが推薦しているふたりも、この会議に参加していた。

彼らはセシリアと、そして彼女の座っている椅子をギラギラした目で見つめている。

「そうですね、今日の会議で伯爵の継承者が決まるでしょう」

その視線に気づかないふりをしながらセシリアが言う。

すると、ガンダ男爵もシェイン男爵もほくそ笑んだ。

どちらも自分の推薦した男が婿になると思っているからだ。

「姫様、私は嬉しく思います。ここまでご自分では婿選びをしていなかった姫様が、急に相手を決めたなどとおっしゃったときは、驚きましたがね」

「そうじゃのう。儂も驚いた。だが、伯爵家のためにも決めるのは早いほうが良いじゃろう」

その言葉を聞いたセシリアの表情が、わずかに歪んだことに気づいた。

これまでずっと、自分の推薦した人間を婿にしようとして争っていたのはこのふたりだからだ。

けれど、彼女はすぐに表情を元に戻すと話を続ける。

「今日、わたしは伴侶を選んで、その者を伯爵家の当主とします。よろしいでしょうか？」

その問いに次々と賛成の声が上がる。

残る親族たちや家臣も、正式な当主を早く決めたいという思いは同じようだ。

最初こそ、自分の推薦した人間こそ婿に、という親族や家臣はもっと多かった。

しかし、最近は伯爵不在の悪影響が各所で出てきている。

代行のセシリアでは決済する権限のない書類の増加や、伯爵が亡くなってから中断したままの取引が白紙になるという事態が相次いでいるのだ。

資産や権力のある男爵ふたりはともかく、他の親族たちや家臣にとっては、これ以上の伯爵不在はデメリットのほうが大きい。だから他の候補者は、すでに辞退しているようだった。

しかしそんな事情があるとはいえ、セシリアの後押しがあってもそれだけでは、よそ者の俺が婿になるのはもちろん難しい。

支持者の多い男爵たちの推薦人と正面から争っても、勝ち目がないからだ。セシリアの意思だけで決まるぐらいなら、彼女も苦労はしていない。

そのために、二週間という時間をかけて策を用意してある。

「それで、姫様はいったい誰をお選びになるので？」

「まあ、我々は姫様の決定に従うだけじゃが……」

内心では欠片も思っていないことを言うふたり。

伯爵を継承するには、親族の中でも有力者である自分たちの賛成が必要だと分かっているからだ。

その考えは間違っていない。

伯爵が生きていれば問題なかっただろうが、今の伯爵家には直系はセシリアしかいない。

だからこそ、ふたりの男爵の力が強まっているのだ。

彼らふたりか、最低でもどちらかの支持がなければ、穏便な爵位の継承などできない。

そこで俺は時間稼ぎのためにも、それぞれの陣営へある情報を流していた。

セシリアがついに決意して、それぞれの陣営が推薦する人物を婿にすると決めたという偽情報だ。

それによって男爵たちは、自分の推薦者が選ばれると思っているはずだった。

だからセシリアが婿を決めると言っても慌てなかったし、今も余裕のある態度をしているのだ。

それに万が一問題が起きても、有力親族の自分が反対すれば、継承はまた白紙に戻ると考えているだろう。しかし、そうはいかない。

「では、発表します」

そこでセシリアは、一度親族や家臣たちを見渡してから続ける。

「私が夫として選んだのは……ユーリ・ヴェスダット男爵です」

その言葉が放たれた瞬間、会議室に衝撃が走った。

「なっ!?」

「だ、誰じゃそれは!?」

特に自分の推薦者が選ばれると思っていた男爵ふたりの驚きは大きかったようだ。

先ほどまでの落ち着いた様子とは正反対だった。

そこで俺はいよいよ、身を隠していた物陰から表へと出ていく。

「こんにちは皆さん。ご紹介にあずかりました、ユーリ・ヴェスダットです」

セシリアの座っている椅子の横まで行くと、そこで親族や家臣たちに一礼する。

まだ彼女の言葉の衝撃が残っているのか、大部分の人間は呆けた表情をしていた。

しかし、ふたりの男爵はすぐ立ち直って声を上げる。

「ヴェスダットだと？　名前も聞いたことがない！」

「姫様、そんな怪しい者を伯爵家の当主に推薦するとは正気ですか!?」

信じられないという表情だ。

それに対して、セシリアは毅然とした態度で答える。

「はい、本気です。わたしは彼を……ユーリさんを婿に迎えます」

親族に対しても、これは提案ではなく決定したことだと伝える。

その言葉を聞いて、彼らはますます不機嫌になっていった。

「ありえない！　そもそも、姫様は私の息子を婿に取るはずでは!?」

「なにっ!?　それを言うなら儂の甥っ子こそ……」

互いに主張し、にらみ合う男爵たち。

「まったく……せっかく紹介してもらったっていうのに、俺のことは無視か？」

俺が呆れてそうつぶやくと、男爵たちの視線がこちらに向けられた。

「そもそも貴様は何者なのだ!?」

「そうじゃ。本当に男爵位だというのなら、証拠を見せてみよ！」

「ああ、分かったよ」

俺の服には家紋が縫いつけてある。

それが目に入っていないということはないだろうから、より確固たる証拠を見せろということだろう。

俺は懐に手を入れると、あるものを取り出した。

「たしかに、この辺りでヴェスダットの名を知る者は少ないだろう。だが、証拠ならある。これだ」

俺が手に持っているのは一本の短剣だ。

「そ、それはっ！」

「むぅぅ、皇帝陛下から与えられる短剣か……」

この短剣は、貴族にそれぞれ与えられる地位と権威の証明書のようなものだ。

鞘にはブロン帝国の紋章と共に、その貴族の家紋が彫られている。

「そう、陛下直々に下賜された名剣さ。そして、この短剣が本物だという証拠はこれだ」

俺は続いて、短剣を鞘から引き抜く。

すると、現れた刀身には波紋のような独特の文様があった。

転生前の世界で言えば、ダマスカス鋼の文様に似ているだろう。

皇帝の勅命によって作られる特別な金属であり、とても希少なものだ。

その技術は秘匿されており、未だかつて偽物が現れたという話すら聞かない。

事実、それまで俺を疑っていた男爵たちも口を閉じた。

「……お前がヴェスダット男爵だというのは認める。しかし、なぜ姫様と……」

「そうだ、なぜぽっと出の貴様などが……」

どうやら俺とセシリアのつながりが気になるらしい。

そのとき、これまで黙っていた家臣のひとりが口を開く。

「私は知っていますよ。ここ最近……たしか一ヶ月ほどでしょうか。お嬢様のご友人になった方ですね」

俺も彼の顔は何度か見たことがあった。

「その一ヶ月で姫様とそこまで深い関係になったと……？　信じられん」

「姫様、どうか今一度お考え直しください！　なぜそのような男と！」

ふたりとも同じ男爵だからか、なかなか遠慮がない。

ただ、いくら文句を言おうと無駄なことだ。

セシリアは改めて親族たちへ話しかける。

「これはもう決めたことです」

「私の息子では不足だというのですか!?」

なんとか食い下がろうとするガンダ男爵。

しかし、セシリアは彼の問いを切って捨てる。

「不足です、ガンダ男爵。なぜなら、ユーリさんは婚姻後も領地の経営をわたしに任せると言ってくださいました」

「なっ、なんですと!?」

驚きの声を上げたのはシェイン男爵だ。

老人は信じられないという目をして俺を見る。

「そんな提案をするとは……お主、何のために伯爵家へ婿に入ろうというのか？」

権力欲に魅入られた彼らにとって、統治権を放棄するに等しい条件はありえない。

だから、俺の提案を聞いて動じているのだ。

「何のために？　そんなの、セシリアが困っていたからに決まっている！」

俺はそう言うと、席に着いている親族や家臣たちを見渡す。

「セシリアは領民の間に混乱が広がるのを嘆いていた。なのに、あなたたちは何をしていた？」

「それはっ……私たちもなるべく早く後継者を決めようとはしていた。しかし……」

先ほど俺のことを話した家臣の男だ。

彼はそう言うと、ふたりの男爵を見る。

「……そう簡単にはいかない事情があったのだ」

どうやらここまで継承争いが続いたのは、自分たちのせいではないと言いたいようだ。

確かにそれは一部事実であるだろう。

俺はこの流れを活かそうと、頷いてから男爵たちのほうを見る。

その視線に気づいたのか、彼らは慌てて反論し始めた。

「わ、私とて無暗に引き延ばしたかった訳ではない！」

「そうじゃ！　儂の推薦人のほうが伯爵家のためになるのは確実！　お主のようなよそ者など、姫様が許しても儂たちがゆるさんぞ！」

「そうだとも！　この件に関しては私もシェイン男爵に同意しよう」

ふたりの男爵たちは、まだまだ俺の爵位継承を邪魔しようとしているようだ。

「まったく、諦めの悪い大人たちだな」

だが、これも予想していたことだった。

「そっちがそこまで認めないのなら、俺にも考えがある」

「なんだと？」

「若造が何を……」

俺は手に持っていた短剣を懐にしまう。

そして、また別のものを取り出した。

次の一手は、一つの封筒だった。

「なんじゃ、それは……」

「反対にあうだろうと思って、取り寄せておいたものさ」

そう言うと、俺は封蝋されている部分を見せる。

「なっ!?　そ、それはっ！」

驚きの声を上げたのはシェイン男爵だった。

「何だあれは、知っているのか？」

ガンダ男爵は知らないようで、彼に問いかけている。

「儂も昔一度しか見たことがないが……あれは、帝都大聖堂の主教様の封蝋だっ！」

「何だって!?　主教様……しかも、大聖堂の!?」

彼等が驚くのも無理はない。

この伯爵領にも主教はいるが、帝都大聖堂の大主教となると影響力が桁違いだ。

多くの貴族や商人とも強い繋がりがあり、その権威は帝都内だけにとどまらない。

下手な下級貴族より、よほど強い権威を持っていると言える。

目の前のふたりの男爵からすれば、雲の上の存在だろう。

その名だけで驚愕している彼らをよそに、俺は封蝋を開いて中の手紙を取り出す。

そして一度手紙の内容に目を通して確認してから、それを男爵たちに見せつけた。

「よく見るがいい。ここには俺とセシリアの婚姻を、大主教様直々に祝福すると記されている」

これこそが俺の切り札だった。

帝都大主教お墨付きの婚姻となれば、そう簡単に覆せない。

強引に反故にしようものなら、教会そのものの顔に泥を塗ることになるからだ。

最悪、教会から敵視されることになってしまう。

それはこの帝国で生きる者にとって、非常に大きなデメリットだ。

子供の誕生の祝福から、成人、婚姻、そして葬儀まで。

帝国に暮らす人々の人生へ密接に関わっている教会とは、そう簡単に敵対できない。

「これで、文句はありませんね」

俺はそう言うと、視線だけ動かしてセシリアを見る。

すると、彼女も僅かに頷いて応えた。

準備に半月ほども時間がかかってしまった理由が、この手紙だ。

この領地から帝都までは、急いでも一週間ほどかかるのでギリギリだった。

方針を決めてから、俺はすぐに馬を駆って遠征したのだ。

何とかスムーズに主教へ面会することが出来たのは、ほんとうに幸いだった。

もし向こうにどうしても外せない用事があった場合、この場に間に合わなかっただろう。

「ぐっ、ぬうぅぅぅぅ」

「馬鹿な……こんな馬鹿なことがっ……！」

「そもそも、なぜ帝都の主教様が貴様に祝福なぞ!?」

「ああそうじゃ、納得いかん！」

決定的な切り札を突きつけても、まだ俺をにらみつけるふたり。

周囲を少しでも見れば、自分がどんな立場に置かれているか分かるだろうに。

大主教の手紙を出した途端、このふたり以外の親族や家臣たちは完全に沈黙していた。

「簡単なことだ、もともと主教様とは友人だったんだよ」

俺の故郷は港町で、漁業はもちろん外国からの交易品なども入ってきていた。

おかげで町はそれなりに栄え、他の場所では手に入らないような品物も流通している。

それらの商品を買うのは、たいていが帝都に屋敷を持っているような金持ちだ。

上級貴族や大商人、そして、表向き清貧を装っているが裏では莫大な財産を抱えている聖職者も顧客なのだった。

今回手紙を書いてもらった大主教とも、何回か取引していた。

そのときのことで実は、大主教には一つ貸しがあったので、それを利用したのだ。

何度も使えるような手段ではないが、ここで使うべき切り札だと判断した。

まあそんなことは置いておき、俺と大主教がいかに親密かをやや大袈裟にだが説くと、男爵たちはついに肩を落とした。

「……この手紙が本物だというなら、私たちに覆せる道理はない」

「儂の望みも、最早これまでとはのう……」

その言葉を最後に、ふたりは意気消沈した様子で椅子に座る。

全員が席に着いたのを確認すると、俺はセシリアの横に立って彼女の肩に手を置く。

「さあ、これでみんな納得してくれたようだ。これ以上、俺がセシリアと結婚することに反対する者はいるか？」

男爵が黙った以上、俺の言葉に反論するものはいない。

ただ、何人かがセシリアのほうへ視線を向けたので、それを見た彼女が口を開く。

「もしかしたら、皆さんの中にはわたしがユーリさんに言いくるめられて婚姻すると考えている方がいるかもしれません。しかし、それは違うと断言します」

そこで一息入れると、会議の参加者たちを見回しながら続ける。

「わたしの目的は領内の混乱を終息させ、領地で暮らす全ての人々を守っていくことです。ユーリさんとの婚姻はそのためのものですし、彼も協力すると言ってくれました。その約束を破るようなことがあれば、わたしは彼を決して許しません」

いつになく厳しい言葉で言うセシリア。

参加者たちも今までこんな姿を見たことがなかったのか、目を丸くしていた。

「聞いての通りだ。領内の統治に関してはセシリアが行うことになる。皆は今まで通り……いや、それ以上の気持ちで彼女に仕えてほしい。俺はあくまで婿だからな」

ここまでのことで、婚姻を認めさせることは出来た。

しかし、俺がここにいる人間たちにとって、よそ者であることは変わらない。

それは一般の領民たちにとってもそうだろう。

あくまで主導権はセシリアにあるという噂を流せば、領民たちは彼女への忠誠心が高いから、俺が当主になることに対する反発は最小限に抑えられるはず。

そのことに躊躇いはない。領内はセシリアに任せたかった。

そして結果から言えば、この選択は正解だった。実際にそうだったたからだ。

家臣たちも俺に従うより、セシリアの下で働くほうが気分が良いんだろう。

庶民派の令嬢ということで一部では変人のように見られているようだが、彼女は基本的に善良で頭も良い。領主として十分な資質だ。

「では皆さん、これからもゾイル伯爵家をよろしくお願いします」

セシリアの言葉に小さな拍手が聞こえ始め、最後には歓声が上がった。

それから俺たちは一ヶ月ほどで、結婚式や披露宴など、諸々の行事を終わらせることになる。

ゾイル伯爵家は帝国の辺境に領地を持つ貴族だが、旧セジュール皇国の土地や民を多く吸収したこともあって影響力は強い。

式などもかなり大規模になったが、ふたりで力を合わせてなんとか成功裏に終わらせた。

内政での主導権はセシリアに任せるが、外交などには俺も参加する。

これからより高みを目指すのに、他の貴族との関係は俺にも重要だからだ。

「ゾイル伯爵様、この度はおめでとうございます。セシリア殿もいつにもましてお綺麗で」

「子爵殿、ありがとうございます。気軽にユーリとお呼び下さい。私はこの土地にはまだ慣れない身ですので、お隣である子爵とは、ぜひこれまで以上の関係を築きたいものです」

「わ、わたしからもお礼を。ありがとうございます。ぜひ楽しんでいってくださいませ」

披露宴などのパーティーでは、ゲストとの会話もふたりで行った。

周辺の貴族たちに、夫婦仲が良好でゾイル伯爵家は安泰だと思わせるためだ。

後継者問題など無かったかのように振る舞う必要がある。

セシリアはこういったことに慣れていないようだったけれど、なんとか上手くやってくれた。

貴族界は弱肉強食。弱みを見せたらすぐ食いつかれてしまう。

セシリアは領民を想う気持ちは強いけれど、少ししたたかさが足りないからな。

そこは俺のほうでカバーするとしよう。

これも各々が得意なことを行う役割分担だ。

そしてすべての行事が終わると、セシリアは休む暇もなく、念願の内政に取り掛かった。

これこそ、彼女が一番にやりたがっていたことだ。

俺がすることといえば、セシリアが仕事をしやすいように権限を貸与することだけ。

そして、内政に集中できるよう、それ以外の執務を受け持つことだ。

これでも以前は男爵家の跡取りだったので、統治に関してある程度はこなせる。

しかし、やはり伯爵家の経営は、男爵家のそれとは段違いの規模だった。

時々めまいがしそうになりつつ、主に書類仕事を片付けていく。

それからさらに一ヶ月ほど経ったころだろうか。

俺とセシリアは、ようやくふたりでゆっくり過ごす時間を得た。

その日の夜、俺は彼女の寝室へ向かう。

「ユーリさん、ようこそ。ここに来るのは久しぶりでしょうか？」

「ああ、そうだな。もう二ヶ月ぶり……いや、それ以上か」

婚姻の準備、結婚関係の行事、そして内政。帝都への根回しなども多い。

どれも手を抜けるものではなく、俺もセシリアもかかりきりになっていた。

彼女はすでにベッドの上にいた。

俺も手早く上着を脱ぐとベッドへ上がり、セシリアの隣に腰を下ろす。

「どうだ、内政のほうはうまくいっているか？」

「ユーリさんも知っていると思いますけど……」

「セシリアの口からも聞いておきたいからだ」

「分かりました！　そうですね、まずは……」

肩を寄せ合いつつ、楽しげなセシリアの話を聞く。

内政のほうは至って順調だった。

元々現状に不安を抱いていたセシリアは、いくつも解決のための案を考えていたようだ。

ただの令嬢だったときは、それを実行するだけの権限がなかった。

けれど伯爵である俺が承認することで、そういった政策も進んでいく。

彼女はそうやって停滞していた内政を動かし、当主不在で起きていたトラブルも解決していった。

その手腕は見事であり、俺も事前に報告を聞いていたにも関わらず、改めて関心してしまうほど。

前伯爵、彼女の父親は統治者として有能だったといわれている。

娘である彼女にも、その才能が受け継がれていたんだろう。

「やっぱりすごいなセシリアは。俺だったらそう上手くはいかなかったはずだ」

「ありがとうございます。でも、わたしだけの力じゃありません。皆さんが協力してくれたおかげです」

彼女はそう言って謙遜する。

事実、いくら優秀といえども、ひとりですべての問題を解決できるわけではない。

旧臣たちや有能な文官、町や村の長《おさ》の協力があってこそだろう。

それに加えて、領内が混乱していたとはいえ、伯爵家には豊富な資金や人手も残っていた。

代々に渡って堅実に蓄えられてきた人、モノ、金といった資産があったおかげだ。

「それでも、ここまで上手くいったのはセシリアの努力のおかげだろう」

実質の領主である彼女が、きちんとリーダーシップを発揮したことは大きい。

「このままいけば、あと一ヶ月もしない内に元の安定した領地に戻ると思います。まだ不安もありますが……」

「そうか。まあ、そう簡単にはいかないだろうな」

一度混乱が起こってしまったら、領民たちの意識的にもそれを完全に治めるのは難しい。

それに、以前とは根本的に変わってしまった要素もあるだろう。

だが、それはこれから何とかするしかない。

それはセシリアも分かっているようで、しっかりとうなずいていた。

「でも、まずはお疲れ様セシリア。おかげで一息つける」

俺が目指すところは、伯爵位より高みにある。

領地が安定していなければ、そんなことには取り掛かれないだろう。

これからも、彼女の協力が不可欠だった。

「ユーリさんは、これからどうするつもりなのですか？」

「そうだな……」

俺は少し考えた後、セシリアに声をかける。

「その話はまた後にしよう。今は久しぶりのふたりきりの時間を楽しもうじゃないか」

そう言うと、俺は彼女の腰に手を回して引き寄せる。

「あっ……んんっ！」

俺は抱き寄せたセシリアの唇を奪った。

セシリアは突然のキスに一瞬驚いた顔を見せる。

けれど、すぐに状況を受け入れていった。

俺に合わせて唇を押しつけ、たっぷりとキスをする。

「はむっ……ちゅっ、んむっ……！」

だんだんセシリアのほうも積極的になってきた。

俺の背中に手を回して、舌を出して絡めてきている。

もちろん俺も彼女に応えてキスをより深くしていった。

「んんぅっ……れろ、ちゅっ、はぁっ……」

互いにキスに夢中になっていくと、同時に体が熱くなる。

内側から興奮が高まって、特に下半身に熱が溜まっていった。

「はぁ、はぁっ……ユーリさん、ここが……」

体をくっつけているからか、セシリアも俺の変化に気づいたらしい。

熱っぽい視線を俺の下半身に向けてくる。

「そんなに気になってるか？」

「……は、はい」

恥ずかしそうにしながらも頷くセシリア。

彼女もかなり我慢できなくなっているようだ。

最後にしてから、随分時間が経っているしな。

俺もセシリアに触れていたからか、そろそろ我慢できなくなってくる。

「今日はセシリアにしてもらいたいな」

「分かりました、やってみますね」

顔を赤くしながらも彼女は頷く。

俺がふちに移動すると、セシリアは一度ベッドから降りる。

そして、俺の前で跪《ひざまず》いた。

「その……やり方は知っていますけど、実際にするのは初めてなんです。だから、ユーリさんもいろいろと教えてください」

「ああ、分かったよ」

俺の言葉に、恥ずかしげに彼女が頷く。

そして、ゆっくりと俺の股間へ視線を移した。

「じゃあ、さっそく……」

セシリアは両手で俺のズボンに触れ、ベルトを外していく。

続いて下着ごと一気にズボンを脱がした。

「んしょっ……わぁっ……！」

現れた肉棒を見て目を丸くする。

たっぷりとキスをしていたおかげですでに興奮し、硬くなっていた。

全開とまではいかないものの、半分ほど上向いている。

「もう、ここまで大きくなってるんですね」

「セシリアがエッチなキスをしてくれたからな」

「た、たしかに……あのキスはわたしも興奮しちゃいました」

俺の言葉に頷きながらさらに顔を赤くする。

しかし、その視線は俺のものに向けられたままだった。

「久しぶりに見るだろう」

「はい。でも、まじまじと見るのは初めてなので」

「ああ、そうかもしれないな」

初めてのときは、それどころじゃなかった。

自分の中に入っていたものを、しっかり見るのは初めてだろうな。

「これで、セックスしちゃったんですね」

「ああ、そうだ。少し怖くなってきたか？」

馬並みとまではいかないまでも、勃起しているものはそれなりに存在感がある。

初めて観察しているセシリアからすると、プレッシャーすら感じるかもしれない。

「大丈夫です、ちゃんと出来ます。だって、わたしはもうユーリさんの妻ですから！」

「そうだったな。余計な心配だった」

はっきりと言う彼女に、俺は笑みを浮かべて頷く。

そして両手を動かすと肉棒の根元を握った。

力はそれほど強くないが、しっかりと上向かせてくる。

続いて顔を近づけ、口を開くと先端を咥え込んだ。

「はむぅ！」

「おっ……おお……これは」

肉棒が生暖かいものに包まれる、心地よい感触。

亀頭とそのほんの少し下までが、彼女の口の中に入っていた。

「んみゅ……はぁっ、熱いですっ……」

つぶやきながら、セシリアは口内で舌を動かす。

最初は鈴口のあたりに舌を当て、それから亀頭全体を舐める。

表から裏まで、隙間がないように丁寧に動かしていった。

「んちゅっ、れるぅっ！　はぁっ……んれぇっ……」

「くぅっ！」

セシリアの舌の感触が気持ちいい。

俺だって経験がない訳じゃない。

けれど、彼女の奉仕には心が籠っていた。

カリ首の裏まで丁寧に、少しの隙間もないように奉仕してくれる。

それは快感と合わせて、男としての支配欲まで満足させてくれた。

「セシリアッ……」

「はむっ、んぅ……ちゅっ！」

名前を呼ぶと彼女が目を細める。

そして、返事の代わりに強く肉棒へ吸いついた。

激しい刺激で体中に快感が回り、特に背筋を昇ってくるときはゾクゾクする。

だんだんフェラに慣れてきたのか、セシリアの舌遣いも大胆になっていく。

「れろ、ぷはぁっ……ユーリさん、どうですか？　わたし、ちゃんとご奉仕できてますか？」

興奮で頬を赤くしつつ、上目遣いで問いかけてくる姿に欲望を刺激されてしまう。

「ああ、上手くなってるぞセシリア。今日は特に積極的だしな」

「妻として、旦那様にご奉仕するのは当然のことですから！」

セシリアはニコリと笑みを浮かべつつ、また肉棒を咥え込む。

今度は口を大きく開けて奥までだ。

「あむっ、ちゅるるっ！」

「くぁっ……いいぞセシリアッ！」

丁寧な刺激で舌が根元まで絡みついてくる。

奉仕が激しくなってくると共に、どんどん快感も強くなっていく。

腰の奥から、早くも熱いものが迫り上がってくるのを感じた。

「はむぅっ……わたしの口の中でだんだん大きくなってますっ！」

「ああ……セシリアのフェラ、すごく気持ちいいぞ」

「このまま最後まで気持ちよくなってくださいね」

俺が感じていると知って、セシリアは微笑む。

上手く奉仕できているのが嬉しいらしい。

「れるぅ、れろぉっ……先端から苦いのが出てきました……もっと、欲しいですっ！」

うっとりしたような、興奮した顔のセシリア。

普段の朗らかな表情とは正反対のエロさだ。

家臣はおろか、親だって彼女のこんな顔を見たことはないだろう。

俺だけの独り占めだと思うと、ただでさえ高まっていた興奮が限界を迎える。

「セシリア、出るぞっ！」

「んッ!? は、はいっ！　んっ……じゅるるっ！」

俺の言葉と共にセシリアが肉棒に吸いつく。

奥まで引きずり込まれるような快感に、とうとう欲望を吐き出す。

限界まで張り詰めた肉棒から白濁液が吹き上がった。

「んぎゅっ!?」

吐き出された精液は、そのまま彼女の口の中に広がる。

口内射精されたセシリアは、一瞬目を丸くした。

しかし、すぐ気を取り直して出されたものを飲み込んでいく。

「んぐっ！　んっ、んうっ……ごくんっ！」

ドクドクと吐き出される精液を、何度も喉を鳴らして飲み干す。

ようやく終わったころには、俺もセシリアも息が荒くなっていた。

「はぁ、ふぅっ……セシリア、大丈夫か？」

「は、はい……んぐっ、はぁっ！　はふぅ……なんとか、大丈夫です」

セシリアのほうもまだ呼吸が荒いものの、意識ははっきりしているらしい。

俺は彼女の腕を掴むと引き上げ、ベッドへ座らせた。

すると、そのままセシリアは俺に寄りかかってくる。

「ユーリさん、わたし……ユーリさんのものを舐めている内に、我慢できなくなっちゃいました」

体の前を押しつけるようにしながら、上目遣いに見つめてくる。

その視線を受けると、今さっき射精したばかりなのにまた興奮しそうになってしまう。

「これだけ奉仕してもらったんだ。俺もお返ししなきゃな」

本当は今夜は、これからの活動についてセシリアと話し合うつもりだった。

けれど、彼女がここまで求めているのに無視はできない。

俺は彼女をベッドへ押し倒すと、求められるままに抱くのだった。

第二章　協力者探し

ゾイル伯爵領の統治が安定したことで、俺とセシリアは改めてふたりで今後のことを話し合うことにした。

今回は秘密の話のため、伯爵の書斎で行う。使用人も許可無く近づきはしないから、この屋敷ではここが一番、防諜的な意味で安全な部屋だ。お互いにテーブルを挟んで席に着いている。

最初に口を開いたのは俺だった。

「さて、じゃあまずは、お互いの目的を再確認しておこう」

俺はそう言って彼女の目を見る。

「セシリアの希望は、領内の人々を守っていくことだったな?」

すると、彼女は頷いた。

「はい。ユーリさんのおかげで、その目的もだいぶ進みましたよ!」

そう言って嬉しそうな笑みを浮かべる。

これまで最終的な権限を持つ伯爵がいなかったことで、領内の様々なことが滞りトラブルが起きていた。だが、これについてはある程度解決している。

セシリアが正確な判断で内政を行ったからだ。

以前から民のことを考え行動してきた彼女には、領民からの信頼もある。

基本的には名君であった亡き父親が行っていた政策を引継ぎながら、混乱を早期に治めたのだ。

「ただ、まだいくつか問題は残っていて……」

「ふむ」

「一つはご存じの通り、皇帝陛下から新たに課せられた税です」

先代の皇帝は融和政策として、征服した土地への課税を控えめにしていた。

しかし、現皇帝は反対にそれらの土地への税を強めたのだ。

「こればかりは、わたしにはどうしようもありません」

そう呟いて悲しそうな表情になるセシリア。

確かに、税の問題はかなり大事だ。伯爵位を得た俺でもそう簡単には口出しできない。

決められた税を払わないということは、それだけで皇帝への反逆になるからだ。

「しかも、税が増えたことで領民の間でも対立が広がっているようなんです」

「元々ゾイル伯爵の民だった人間たちと、併合された旧セジュール皇国の人間か」

皇国が帝国に併合されたのは、もう五十年ほども昔のことだ。

しかし、生活が苦しくなれば些細なきっかけで対立に発展する。

それの対立が今、少しずつ大きくなっているんだろう。

「このままの状況が続けば、対立が激化して血が流れてしまうかもしれません」

「それは最悪だな。死者が出ればますます深刻化するだろう」

そこまで悪化しない内に止めなければ。しかし、税の免除や軽減というのはかなり難しい。

「やはり無理だな……今の帝都は状況が良くない」

「ユーリさん？」

俺が苦い顔をしていると、セシリアが心配した様子で覗き込んでくる。

「俺が帝都の大主教のところへ、手紙を書いてもらいに行っただろう？」

「はい、婚姻のときですね」

「そのとき、大主教から今の帝都の状況を聞いていたんだ」

前皇帝が崩御した後、次代の皇帝をめぐって内戦が起きた。

というのも、前皇帝には実子がおらず、後継者についても公に指名していなかったからだ。

選帝の動きはあったが、最終的に決める前に前皇帝が崩御してしまった。

それからは当時の帝都の実力者たちが、これ幸いと何人もの皇帝候補を担ぎ上げて争ったのだ。

まったくもって、どこかで聞いたような話だ。貴族の跡目争いなんて、どこも同じなのだろう。

結局、帝室と親戚関係にあり多くの官僚貴族や近衛兵団を支配下に置いていたゲドルフ公爵が内戦に勝った。公爵は自分が推薦した前皇帝の甥であるレオール三世を皇帝にし、自分は宰相となって彼を操っているという。

事情を知っている貴族たちは、レオール三世のことを陰で傀儡皇帝と呼んでいるそうだ。

逆に言えば、公爵の派閥でない貴族が出来ることはもう、陰口を叩くくらいだ。

今の帝都は、ほぼゲドルフ公爵に支配されていると言っていいということだった。

結果として、公爵は帝国の政策にも大きく関与しているという。

「今回の辺境部への増税も、つまりはゲドルフ公爵が決めたことらしい。帝国を陰から操っていると言っていい男の決めた政策だ、覆すのは不可能に近いだろう」

「そんな……じゃあ、わたしはどうしたら……」

俺の話を聞いたセシリアは、頭を抱えてしまった。

ゾイル伯爵家は帝国東部、特に辺境部において大きな力を持つ貴族だ。

しかし、帝都から物理的に遠いせいで政治にはほとんど関与できない。

逆に言えば中央からの干渉も、今までは最低限だった。

しかし、増税の負担は明確に数字に表れるので誤魔化すことが出来ない。

頭を抱えるセシリアの前で俺は数分考えこむ。そして、ある結論に達した。

「セシリア、話を聞いてほしい」

「なんですか？」

「このままじゃ増税で領地がつぶれる。その前に独立するしかない」

「……へっ？」

彼女は一瞬呆けたような顔になったが、俺の言葉を理解した瞬間立ち上がった。

「どっ、独立って！　帝国へ反旗を翻すことになりますよ。正気なんですか!?」

「ああ、俺はいたって正気だ。それに独立と言っても、何も帝国に反乱を起こすを訳じゃないよ」

俺はテーブルに置かれていたお茶を一口飲むと言葉を続ける。

「帝都に行ったときに仕入れた情報は、もう一つあったからな」

「それはいったい何ですか？」

「今のセシリアと同じように、現状に不満を持つ貴族が他にもいるって噂さ」

「それは一体、誰なんですか？」

「帝国北方の大貴族、エブリントン侯爵だよ」

「……まさか、あのエブリントン侯爵が!?」

セシリアは驚いて目を丸くしていた。あまり外交に関しては詳しくない彼女でも知っているほどのビッグネーム。それがエブリントン侯爵だ。

帝国の北部に広大な領地を持ち、北の蛮族から帝国を守っている。

彼の軍は精強で、帝都の近衛兵団にも劣らないという。

経済的な基盤も盤石で、北方であるため農業は少ないがその分工業が発展している。

それに加えて、帝国の初期から存在する歴史ある名家。

過去には帝室の姫君を嫁にもらったこともあるという。

まさに貴族の中の貴族と言っていい。

「ユーリさん、本当なんですか？」

「ああ、どうやら皇帝陛下を傀儡にしているゲドルフ公爵に、相当な反感を抱いているみたいだ。北部は今回の増税にはあまり関わらないが、公爵のことは許容できないらしい」

もっとも、本人に聞いたわけではないから断言はできないが。

「じゃあ、ユーリさんはエブリントン侯爵と協力して、ゲドルフ公爵を失脚させるつもりですか？」

「そう。セシリアの考えた通りだよ。帝国との戦いではなく、ゲドルフ公爵との勝負だ」

とはいえ、急に手紙を送っていっしょにゲドルフ公爵を倒しましょうと言っても、協力してもらえる訳がない。北部と東部ではかなり遠いが、実際に行って直接話す必要があるだろう。

伯爵本人がわざわざ足を運んだとなれば、多少の信頼は得られるはずだ。

「近々、ちょうどエブリントン侯爵がパーティーを開くらしい」

「じゃあ、ユーリさんはそこへ？」

「ああ、行ってくる」

もしうまくいけば、俺は有力な味方を得ることが出来る。

まったく相手にされなければ、領地を立て直すために別の方法を考えなければならないだろう。

重税をこのままかけられてしまえば、ジリ貧になっていくだけだ。

まだ余力のある内に行動を起こさなければ。

ゾイル伯爵家は、ようやく手に入れた成り上がりへの切符だ。離してなるものか。

俺がそう考えていると、セシリアが席を立ち、そのまま俺のほうへ回ってくる。

「どうしたんだ？」

「ユーリさんがエブリントン侯爵の下へ行くなら、わたしも同行します」

「なっ……侯爵の領地は北部だぞ？」

帝都と同じように、行って帰ってくるだけでも半月ほどかかってしまうだろう。

セシリアは領地の民のことを大切に思っている。

それほど長く、この地を離れたくはないはずだ。

「確かに、領地を空けるのはまだ不安です。けれど、これは未来のためですから」

セシリアはそう言い切った。それを見て、俺は自然と笑みが浮かんできてしまう。

「そうか。セシリアがそう言うならいっしょに行こう」

こうして俺たちは、エブリントン侯爵の下へふたりで向かうことになったのだ。

俺たちが不在の間、ゾイル伯爵領のことは代官へ任せることにした。

代官への引き継ぎや出発の準備で、数日。

さらにようやく出発しても、道がぬかるんでいたりで、予定以上の時間がかかってしまった。

それでも、なんとかパーティーの日までにたどり着く。

「ユーリさん、招待状のほうは？」

「ああ、ちゃんと持ってる」

パーティーの招待状は今回も、昔の伝手《つて》で譲ってもらった。身だしなみを整えて屋敷の中へ入ると、入り口で招待状を確認されたけれど、それだけで後はノーチェックだ。

今回は比較的オープンなパーティーだから、俺たちのような地元以外の人間がいても不思議には思われないだろう。

「ユーリさん、エブリントン侯爵は……」

「焦らなくていい、そろそろ来るはずだ」

会場に入った俺たちは、隅のほうで様子を伺う。

すると、奥の扉が開いて初老の男性が入ってきた。彼がエブリントン侯爵だろう。

北部の人間に多い灰色の髪をオールバックにしている。

強面なのもあってなかなか怖そうだ。若いころは蛮族との戦いで前線にも立っていたという。

さすがに今は出陣を控えているようだが、戦う者としての覇気が感じられた。

「あ、あの方に話しかけるんですかっ⁉」

案の定というか、セシリアは少し怖がっている。

「大丈夫だ、話しかけるのは俺だからな」

「でも、事前に話も通していないんですよね？」

「そこはアドリブでなんとか振り向いてもらうさ」

そう話している間にもエブリントン侯爵が、一段高くなっているステージへ上がった。

「皆さん、本日はパーティーに来てくださってありがとう。ぜひ楽しんでいってください」

見た目の恐ろしさとは裏腹に声音は穏やかだった。

それを聞いたセシリアが胸を撫でおろしているが、まだ油断できない。

侯爵の挨拶が終わった後も、俺はずっと彼の様子を観察していた。

そして、従者らしき男性を連れて会場の外に出るのを見つける。

「よし、チャンスだ。行くぞセシリア」

「は、はいっ！」

ふたりで静かに会場を抜け出し侯爵の後を追う。

幸運にも見失わないですみ、俺は人通りのない廊下に来たところで声をかけた。

「エブリントン侯爵様、少しよろしいでしょうか？」

「……？」

彼は立ち止まると、その場で振り返った。

俺の顔に見覚えがないからだろう。当然、怪訝な表情をしている。

「君は誰だね？」

「ユーリ・ヴェスダット・ゾイルと申します。突然お呼び止めしてしまい申し訳ありません」

まずは名乗って一礼する。

斜め後ろでセシリアも頭を下げる気配があった。

「ふむ、ゾイル……伯爵殿かな？」

エブリントン侯爵は僅かに思案した後、俺のほうを見る。

「確か東部の方でしたな。最近婿として爵位を継承されたとか？　それが貴方だと」

「おっしゃる通りです。侯爵様に知っていただいているとは光栄です」

「ゾイル伯爵家は、東部では大きな貴族ですからな」

こうして話している間も、侯爵の視線はセシリアには向けられない。

爵位の継承権が男にしかない帝国では、必然的に女性の地位が低めだ。

たとえ俺が婿でも、爵位を持っている以上、セシリアはただの妻扱いだった。

「……何か話があるようですな」

「ええ、その通りです」

「では部屋を用意しますから、そこで話しましょう」

侯爵が従者に目配せすると、彼に案内される。通されたのは小さめの応接室だった。

「さあ、どうぞおかけになって下さい。奥様もどうぞ」

「ありがとうございます」

「し、失礼しますっ」

セシリアはまだ少し緊張しているようだ。ふたりでソファーに腰掛けると侯爵も対面に座る。

「いささか急なことですな。それで、お話というのは？」

「ご無礼はお詫びいたします。しかし、お互いにとって大切な内容だとお約束できますので、ご容赦下さい。本来であれば公式に会見をお願いするところですが、そうもいかぬのです」

「……それはまた、剣呑な。いいでしょう、お話しください」

「はい。まず、侯爵様はこの度の辺境部への増税について、ご存じですね？」

「ええ、もちろん知っていますよ」

「単刀直入に申しまして、実は我が領内で、それが大きな問題となっております」

俺はそれから、増税が自分の領地にどれだけ悪影響を及ぼすかを話した。

過去の戦争で北部ではあまり領土を広げなかったから併合地域もなく、今回の増税はあまり関係ないようだ。しかし、俺から詳しい話を聞くと少しだけ苦い顔をする。

「確かに、それだけ税をかけられれば、東部随一の伯爵家といえど厳しいでしょうな」

「ええ、そうです。周辺の下級貴族はさらに厳しくなるでしょう」

ゾイル家が耐えられない重税を、他の貴族が耐えられる訳がない。

借金で没落する貴族が続出するだろう。そうなると、東部の統治がガタガタになってしまう。

「とはいえ、皇帝陛下のご命令ですから従うしかないのです。ええ、皇帝陛下のご命令、であれば」

俺は陛下という部分を、ことさらに滲ませる。

「むっ……」

俺がわざと強調したことで、侯爵もこちらの狙いに気づいたようだ。

「伯爵は、帝都での政治に興味があるのか？」

今までとは少し雰囲気を変えて問いかけてくる。案に野心を疑われているのだろう。

俺はそれには、首を横に振った。

「いえ、とんでもない。ただ、どうして皇帝陛下は急に重税をおかけになるのだろうかと、嘆いているだけです。陛下のご意志であれば、もちろん受け入れますが」

「なるほど、嘆いている……か」

直接的な言葉こそ使っていないものの、向こうも俺の意志は分かっただろう。

つまり現皇帝を傀儡にしているゲドルフ公爵を、どうにかしたいという意思を。

エブリントン侯爵はそこで一息つくと、今度は睨みつけてくる。

「お前程度に、何ができるというんだ？」

「ッ!?」

隣でセシリアが息をのむ。俺自身、一瞬呼吸を忘れてしまうほどのプレッシャーを感じた。

さすが、帝国北部を長年守護しているだけある強者だ。

だが、ここでひるんではいられない。

俺はせっかくの機を逃すまいと、ここに来るまでに考えていた案を提示する。

相手が意思を見せた以上、もう隠し事は必要ない。

「率直なところ、エブリントン侯爵様も、ゲドルフ公爵のことは忌々しく思っているのではないですか？　しかし、相手は内戦を勝ち抜いた公爵だ、なかなか手が出せない」

「ほう、私を相手に言うではないか」

「事実、侯爵様はこの地に留まったままではないですか。最近は北方の蛮族も大人しく、侵略してくる気配はない。貴族の中の貴族とも謳われる侯爵様ならば、帝都へ乗り込んで君側《くんそく》の奸《かん》である公爵を討つことも可能でしょう」

エブリントン侯爵の北方軍団と、ゲドルフ公爵の近衛兵団。

単純な兵力では侯爵の軍団が上回っており、指揮官としての能力も侯爵が上だ。

ゲドルフ公爵はあくまで策謀を巡らすのが得意であり、軍事的な才覚があるとは聞いたことがない。単純に正面から戦えば必ず侯爵が勝つだろう。

「なのに動いていないのは、ゲドルフ公爵も貴方を警戒しているからではないですか？」

そう問いかけると彼は頷いた。

「ああ、その通りだ。ゲドルフめ、何人ものスパイを放ってこちらの動きを監視している」

エブリントン侯爵は忌々しそうに言う。

「それも私だけでなく、いざというときに手助けしてくれそうな貴族まで隙間なくだ」

「なんと、そこまで……」

それはさすがに俺も予想外だった。

どうやらゲドルフ公爵は考えていた以上に、エブリントン侯爵のことを警戒しているらしい。

「そうだとも。だから貴殿がこのような場での対話を望んだことは、間違いではない。しかし、こんな状態では軍を動かせん。少しでも動きがあれば、向こうは防備を固めてしまうだろう」

「それは拙いですね」

帝都は帝国の最重要拠点なだけあって、地理的な防御も硬い。

さすがのエブリントン侯爵でも、帝都で完璧に籠城されてしまえば苦戦は免れないだろう。

「皇帝陛下の御身もゲドルフが握っている。現状で強硬手段は取れない」

「なるほど、侯爵様の状況は分かりました」

エブリントン侯爵が、帝都の状況をひっくり返せるほど大きな力を持っているからこそ、ゲドルフ公爵も十分に警戒しているということだろう。

こんな状況では、皇帝の下へ馳《は》せ参《さん》じることはできない。

そして、俺は気になっていたことを一つ聞く。

「失礼を承知でお聞きしますが、皇帝陛下……レオール三世陛下は、ゲドルフ公爵が傀儡にするため皇帝にしたお方です。ですが、侯爵の陛下への忠誠心は変わらないと？」

「ふん、本当に無礼な男だな。公の場で会ったなら、その場で手打ちにしているところだ」

「申し訳ございません」

俺は深く頭を下げる。

「その頭は陛下に下げるべきだろう。我がエブリントン侯爵家は十代以上に渡ってブロン帝国に仕えている。たとえ皇帝陛下がどのようなお方であろうとも、その忠誠心は変わらぬ。ただ、陛下が帝国を滅びに向かわせるようなことがあれば、それを正そうとするのは臣下としての役目である」

その言葉には貴族としての覚悟が現れていた。

俺はエブリントン侯爵の気持ちを理解して覚悟を決める。

こういった人間に信頼してもらうには、隠し事をしていてはダメだ。

「侯爵様、私には一つ考えがあるのです」

「聞かせてもらおう」

「はっ。それは、我が領地ゾイル伯爵領を独立させることです」

「……ほう」

侯爵の目が細められる。

「それは、帝国へ反乱するということか？」

「そうではありません。帝国への、陛下への忠誠は守ります」

俺はそう言うと侯爵に説明する。

「今、帝国が増税をし始めたのは何故か？　単にゲドルフ公爵が私腹を肥やそうと考えた訳じゃないでしょう。地方からの搾取を必要とするほど、帝国が弱っているということです」

現皇帝を決めるための内戦は激しかった。

最終的にゲドルフ公爵が勝ったものの、それまでにあちこちで戦いが繰り広げられたのだ。

そのせいで帝国は傷つき、弱っている。

「まだ帝都の近衛兵団が健在なおかげで反乱する動きはありませんが、この状況が続くのはそう長くないと思います」

現にエブリントン侯爵のように、内戦に参加していなかった貴族は力を温存している。

このまま帝国の力が弱まっていけば、遠からず反乱がおきるはずだ。

「ゲドルフ公爵はその前に帝国を立て直し、再び力で支配しようとしているのかもしれません。重税は資金を集めるとともに、反乱する可能性のある地方の貴族から力を奪うためでしょう」

「なるほど、一理あるな」

「ですが、重税は地方の反乱を早めることになりかねません。今各地で同時に反乱が起これば、帝都の近衛兵団だけではどうしようもない。ブロン帝国は混乱の中で分裂するでしょう」

そこで一息つくと、話の核心部分に移る。

「だから、反乱が起きそうなところは示し合わせ、事前に独立させたり、あるいは自治権を強化してやる必要があると考えました。連携のためです」

俺の話を聞いた侯爵は少し考えこむ。だが、数分もすると顔を上げて俺のほうを見た。

「一時的に地方分権を進めるということか。しかし、再び皇帝陛下へ権力を集中するときは苦労するぞ？」

「そのためにも、まずは皇帝陛下とその権威を守らねばなりません」

俺とエブリントン侯爵は向き合う。

「それで、その上で何をすると？」

「帝都へ乗り込んでいって、ゲドルフ公爵を失脚させます。侯爵様にはその協力をお願いしたいのです」

「なに？　あのゲドルフ公爵を？」

これまで冷静だった侯爵がわずかに驚く。

「……本気か？」

「ええ。ゲドルフ公爵はエブリントン侯爵様やその仲間を、最大の敵として監視しているでしょう。しかし、ノーマークの私は帝都で自由に動けるはず。勝算はあります」

俺はそう言い切った。すると、侯爵は面白そうに笑みを浮かべた。

「そこまで言い切るとはな……貴殿にも相当の覚悟があるのは分かった」

「ありがとうございます」

彼に受け入れてもらえたことで一安心する。

だが、まだこれからだ。

「ただ、そこまで言い切るのなら相応の計画を考えているのだろうな？」

「もちろんです。まだ戦略だけで、実際にどう動くかは帝都について情報を調べてからになりますが……出来るだけご説明しましょう」

それから俺は侯爵と計画について話を交わしていった。

時間にして三十分ほどだっただろうか。

話に一区切りつくころには、侯爵からは警戒する雰囲気がなくなっていた。

腹を割って話を交わすことで、ある程度信頼を得られたようだ。

「計画については分かった。私も、ゲドルフ公爵の監視下にない協力者が欲しいと思っていたところだ」

「では渡りに船ですね」

「ああ、そうだな。よろしく頼む」

侯爵が手を差し出してきたので、握手する。これで協力関係が成立した。

「では、俺はすぐにでも帝都へ向かいたいと思います」

「すぐに？　待ちたまえ、帝都へは彼女もいっしょにか？」

「ひぇっ⁉　あっ、す、すみません」

侯爵の視線がセシリアに向けられる。これまで話を振られず、油断していたんだろう。

突然自分のことを話題に出されて、驚いてしまったようだ。

「帝都には俺ひとりで行こうと思います」

セシリアには、領地のほうに残ってもらったほうが良いだろう。

さすがに長期にわたって領地を離れるのは拙い気がする。

しかし、俺の考えとは反対に彼女は首を横に振った。

「そんなっ！　わたしも行かせてください！」

「だが、それは……」

俺が躊躇してそう言うと、彼女は真剣な顔つきになる。

「領地のことなら大丈夫です。ユーリさんが任せてくれたおかげで混乱は治まりましたし、少し余裕があります。それに、ここで重税をなんとかしないと、どの道ダメになってしまいます」

そう言われると俺も強く否定できない。

「……分かったよ。いっしょに帝都へ行こう」

「ありがとうございます！」

セシリアが嬉しそうに笑みを浮かべる。

そんな俺たちを見て、エブリントン侯爵が何か考え事をしていた。

「帝都で活動するのは、君たちふたりだけか？」

「ええ、そのつもりです。数が少ないほうが警戒されないでしょうし」

それに、向こうに着けば主教のときのような、男爵時代の交友関係も使える。

俺たちふたりだけでも、ある程度は情報を集められるだろう。

しかし、侯爵は不安なようだ。

「君たちの覚悟は信用するが、その手腕まではまだ確認していないからな」

「まあ、それはそうですね」

気持ちだけ先走って、能力がないんじゃどうしようもない。

ただ、実力を見せるためにここに長居する訳にはいかなかった。数日ならまだしも、一週間以上留まっていれば、侯爵を監視しているゲドルフ公爵の手の者に関係を疑われてしまうだろう。

「そこで一つ提案があるんだ」

「なんでしょう？」

俺が聞くと彼はその場で腕を組む。

「私の娘を連れて行かないか？」

「……はっ？」

想定外の言葉に俺は一瞬呆けてしまった。

「侯爵様のご息女を、ですか？」

「ああ、そうだ」

信じられない思いで聞き返すが彼は頷く。

「うちの娘、ゼナというのだが……ゼナはなかなか博識でな。女性らしい宝飾品などはもちろん、内政や外交、さらに医術の本まで読み漁っているんだ。頭も回るし、男なら跡継ぎにしていたほどだよ」

「なるほど……」

侯爵がそこまで言うのなら、確かに頭脳明晰なんだろう。

ただ、それでも自分の娘をつい先ほど知り合ったばかりの男に任せるというのは違和感がある。

たとえ俺が既婚者だったとしてもだ。

「……不思議に思うのは無理もない。だが、理由があるんだ」

そう言うと、彼は娘のゼナについて話し始めた。

それから数分後、話を聞き終えた俺たちは納得していた。

「そういうことでしたら、ぜひお願いしたいです」

「ああ、そう言ってくれると安心だ。君に提案した甲斐があった」

侯爵も穏やかな表情でそう言う。

「唯一の問題は、ゼナが君に気を許すかだ。もし君が娘の信頼を勝ち得たら、それだけで私は、ある程度の交渉能力があると判断できる」

「短い間で信頼を勝ち得ないといけませんね」

今もこの屋敷はゲドルフ公爵の手の者に見張られている。

もしかしたら、屋敷内までスパイが侵入しているかもしれない。

けれど、幸い今日開かれているパーティーはオープンなもの。

訪れている貴族は大勢いるし、遠くから来た貴族を数日屋敷に泊めるのも不自然ではない。

その間に、俺はゼナから信頼を得て帝都までついて来てもらわなければならない。

彼女の同行について提案したのは侯爵のほうだが、一つだけ条件をつけた。

それが、ゼナ本人が帝都への同行に同意することだ。

そのため俺たちは屋敷に泊まり、翌日の朝からさっそくゼナの下を訪れることに。

そこは図書室の近くにある、目立たない部屋だった。

「ここがご令嬢の部屋か……」

「ユーリさん、大丈夫でしょうか？」

隣にはセシリアもいる。

侯爵から聞いたゼナの過去を考えると、セシリアがいてくれたほうが良いと考えたからだ。

彼女も同じ考えのようでいっしょに来てくれた。

「おはようございます。ユーリです」

扉をノックしながら声をかける。すると中から控えめな声で返事があった。

「……ど、どうぞ」

中に入ると思った通り落ち着いた部屋だ。

装飾が控えめという点ではセシリアの部屋と似ているが、こちらはテーブルなどあちこちに本が積まれている。前世の日本と違ってこの世界で本は貴重品だ。それをこれだけ揃えられるというだけでも侯爵の力が分かる。

そして、それらをくまなく学習したという目の前の女性は間違いなく才女だろう。

だが、第一印象はそんな学術肌だという印象とは少し違い、とても可憐な女性だった。

ゼナは部屋に入ってきた俺たちを見て立ち上がる。

父親の侯爵と同じ灰色の長髪が特徴的な女性だ。

優し気な風貌だが、少し緊張しているようにも見える。

年齢は二十歳過ぎくらい。身長はセシリアと同じくらいだろう。

活動的なセシリアより手足は少し細いけれど、スタイルは良い。

特に胸は今まで俺の出会った女性の中でも一番の大きさだった。

「……は、初めまして。ゼナ・エブリントンと申します」

彼女の挨拶に、俺たちふたりも合わせて礼をする。

「始めまして。ユーリ・ヴェスダット・ゾイルと申します」

「妻のセシリアです。よろしくお願いしますね！」

俺たちはそれから席に着いて話し始める。

「お会いできて光栄です、ゼナさん」

「ありがとう、ございます……」

やはりというか、どうも声音が硬い。しかも、なかなか俺と視線を合わせようとしなかった。

この様子だと侯爵の言っていたことは、かなり重大な問題のようだ。

ゼナには過去、幼いころから決められていた婚約者がいた。

しかし、その婚約者は酒癖が悪く、あるとき乱暴されそうになってしまったらしい。

それがきっかけで婚約は破棄された。

だが彼女の記憶の中にはそのときのことが深く刻まれ、男性恐怖症になってしまったようだ。

それから数年が経ち、本人や周りの努力である程度は改善した。

それでも、こうして男と話すときはかなり緊張してしまうようだ。

外出も滅多にせず、一日中部屋に籠って本を読んでいるという。

元々読書家だったようだが、極端になってしまったらしい。

俺はそんなゼナから信頼を勝ち取って、帝都に同行してもらわないといけない。

かなりの難題だった。

「侯爵様より、ゼナさんはとても博識だとお聞きしました」

「……そうでしょうか。わたしは、本を読んでいるだけで……」

「そんなことはありません、侯爵様のお墨付きですよ」

俺は警戒させないよう穏やかに話しかけつつ、なんとか会話を持たせる。

一見普通に話しているようだけど、かなりギリギリだった。

緊張からか、徐々にゼナの言葉が途切れ途切れになってしまう。

そんなとき、隣にいるセシリアが口を開いた。

「ゼナさん！」

「はっ、はいっ!?」

今まで黙っていたセシリアに話しかけられて心底驚いた様子のゼナ。

そんな彼女に、セシリアはどんどん話しかけていく。

「ゼナさんは領地の経営についての知識もお持ちだったりしますか？」

「経営、ですか？　少しですが……」

「本当ですか!?　ぜひ今度教えてくださいっ！」

「それはいいですが……どうして女性のあなたが？」

どうやら、爵位を持てない女性が領地経営の話をしたがることを不思議がっているようだ。

その問いには俺が答える。

「今、ゾイル伯爵領は実質セシリアが運営しているんですよ」

「えっ、ほんとうですか？」

信じられないという顔をするゼナ。帝国の一般的な常識からすればありえないだろう。

驚くあまり、俺との会話も普通になってしまっている。

「なぜ、そのようなことが……」

「結婚するときの約束ですよ。政治の内、特に内政に関することはセシリアに任せているんです」

そう言って、俺は彼女と約束した経緯を話し始める。

すると、ゼナは興味深そうに聞いていた。

「そのようなことがあり得るとは、思いもよりませんでした……」

「確かに、ユーリさんは普通の男の人とは少し違うかも。でも、とっても素敵な人だよゼナさん。少なくとも、貴女に乱暴したような男とは違う」

「ッ！　し、知っていたんですね……」

セシリアの率直な言葉に、ビクッと肩を震わせるゼナ。

過去のことを少し思い出してしまったのかもしれない。

「あっ、ごめんなさい！　嫌なことを思い出させちゃって……」

「いいえ、大丈夫です。これでも前より良くなりましたから」

そう言って苦笑いするゼナ。どうやら彼女の男性恐怖症は思ったより深刻だったようだ。

セシリアとは普通に話せているけれど、今もあまり俺のほうは見ようとしないし。

「ゼナさん」

「……な、なんでしょうか？」

「いきなりお邪魔して申し訳なかった。本当はもう少し話をしたいんだけれど、あまり負担になるのは良くなさそうだ。今日はこれで失礼します」

「そ、そうですか……」

俺の言葉を聞いた彼女はどこかホッとした表情をしていた。

やはり性急にすると良くなさそうだ。

あまり時間はないけれど、急ぐと悪い方向に転がっていく気がする。

幸い、セシリアのおかげで第一印象はそれほど悪くないはず。

それを上手く使って、なんとか数日である程度の信頼を稼がないといけない。

「良ければ、セシリアとはもう少し話してやってくれませんか？　いろいろと聞きたいことがあるみたいだ」

「ユーリさんがそう言うなら……ゼナさん、お願いします！」

「分かりました。私も、女性の領地運営というものに少し興味があります」

どうやらセシリアとは上手く関係を築いてくれそうだ。

彼女が同行してくれて助かった。俺はそう思いつつ、静かに部屋を後にするのだった。

それから俺は翌日、翌々日と少しずつゼナと接触していく。

彼女は、男性ということで最初は俺を敬遠していた。

ひとりでは信頼を得るのにかなり時間がかかっていただろう。

しかし、ここで助けになってくれたのがセシリアだった。

彼女は領地の運営の話をきっかけにゼナと親交を深めていった。

この国の貴族の女性は、芸術品などには詳しくとも実務的な知識はほとんど持っていない。それらは男性の仕事だからだ。

そのせいでゼナは今まで蓄えた知識を死蔵していた。

しかし、セシリアが現れたおかげで同等の知識を持つ相手と話し合うことが出来るようになったのだ。そのおかげで、俺が想像していなかったほど早く打ち解けている。

彼女と仲良くなったセシリアが間に入ってくれているおかげで、俺も徐々に受け入れられていた。

そして、いよいよ今日は帝都行きのことを提案する。

もうそろそろ余裕がないからだ。

これ以上屋敷に留まっていては公爵のスパイに怪しまれてしまう。

「ゼナ、お邪魔するぞ」

「ユーリ様！　その……今日はおひとりですか？」

俺の近くにセシリアの姿がないのを見て、少し落ち込むゼナ。

この反応を見ると、彼女とは本当に仲良くなっているんだなと思った。

同じ話題で話せるというのはもちろんだが、セシリアの人柄のおかげでもあるだろう。

「残念だが今日は俺ひとりだ」

「そうですか……。いえ！　ユーリ様のことが嫌いという訳ではないのですが」

俺に勘違いされると思ったのか慌てて訂正する。

セシリアの前だとリラックスしていることが多い。

しかし、本来はこういった臆病で控えめな性格なのだ。

「分かっているさ。こうしてふたりきりで会ってもらえるだけでも嬉しいよ」

最初から俺ひとりで訪れていたらまず友好関係を築けなかっただろう。

ただ、今は違う。このチャンスを生かすべく俺は口を開いた。

「今日はゼナに一つ提案をしにきたんだ」

「……提案ですか」

彼女が少し身構える。あまり緊張させないように穏やかな口調を心掛けつつ話を続ける。

「実は俺とセシリアはこれから帝都へ行く」

「まあ、帝都へ？　それはとても残念です……」

彼女の表情が少し暗くなる。どうやら俺たちだけ出ていくと思っているようだ。

それが自然な考えだろうが、今回は彼女にも同行してもらわなければならない。

「そこで相談なんだが、ゼナもいっしょに帝都へ行かないか？」

「えっ？　今、なんとおっしゃったのですか？」

セシリアは驚いた表情をして俺を見つめる。

言われたことが信じられないようだ。

「もう一度言おうか。俺たちといっしょに帝都へ行ってほしい」

しっかりと聞こえるよう大きめの声で言う。

すると、彼女は一度深呼吸して状況を整理していた。

「……聞き間違えではなかったのですね」

「ああ、そうだ」

「なぜ私にそのようなことを？」

当然の疑問だろう。俺はその問いに答える。

「俺たちの目的のために君の……ゼナの力が必要だからだ」

「ユーリ様たちの目的ですか？」

「まだゼナには説明していなかったな」

そこで彼女に、詳しく俺たちの状況を説明する。

最初こそゲドルフ公爵を失脚させるということに驚いていたゼナ。

しかし、頭がいいだけあってすぐ理解してくれた。

「お父様が私を連れていけと……」

「あくまでゼナが同意してくれた場合だけだ。君の力が助けになるだろうと言われてな」

実際、この数日で彼女の有能さを何度か目にしている。

セシリアの考えた内政案に的確なアドバイスをしていた。

多くの資料を読み込んで、それを柔軟に理解している頭があってこそだろう。

それに、貴族界で一般的なチェスのようなテーブルゲームでは、俺とセシリアのふたりがかりでも手も足も出なかった。彼女なら必ず頼りになるブレーンとなってくれるはずだ。

「……でも、本当に私がお役に立てるでしょうか？　一度も領地から出たことさえない私が、帝都で……」

どうやらかなり不安を覚えているようだ。

確かに無理もない。けれど、俺はそんな彼女の手を握った。

「ッ!?」

「大丈夫だ、ゼナは心配しなくていい」

ゆっくり顔を近づけ、彼女の目を見る。

すると、向こうも驚いた様子で俺のことを見返していた。

「あ、あのっ……私はっ……」

少し動揺しているようだけれど、まだ混乱してしまうほどじゃない。

俺は落ち着かせるようにゆっくり話しかける。

「俺たちにはゼナが必要なんだ。ぜひ力になってほしい。頼む」

そして、真剣に頼み込みながら頭を下げた。その俺の姿を見てゼナが息をのむのが分かる。

十数秒後、考えた末の結論を彼女が口にした。

「……分かりました」

俺が顔を上げるとゼナが笑っていた。

「ここまで真剣に私のことを必要としてくれる殿方に出会ったのは初めてです。ぜひお力になりたいと思います」

「ありがとう、ゼナ」

俺は心の底からそう思って礼を言う。

彼女の力があればゲドルフ公爵の失脚はより現実的になる。

そして、これで正式にエブリントン侯爵の後ろ盾を得ることも出来た。

「本当に助かるよ。なんとお礼を言って良いか」

「いいんです、私が決めたことですから。それに……」

「それに？」

「ユーリ様は以前の婚約者のような男性ではないと、セシリアさんから聞かされていますから」

どうやらそこが一番の決め手だったらしい。

本当にセシリアには感謝しないとな、と思いつつ同時に別のことも考える。

これから帝都に乗り込む以上は、ゲドルフ公爵を相手取る覚悟が必要だ。

三人で立ち向かうためにも、互いに強いつながりを持たないといけない。

そのために手っ取り早い方法は一つある。

だが、ゼナ相手には慎重にしなければならなかった。

「ゼナは本当にセシリアと仲が良いんだな」

「は、はい。すごく良くしていただいて……その、素敵なお友達です」

そう言う彼女の顔は、少し恥ずかしそうに赤くなっていた。

いままで引きこもっていたから、友人を作る機会もなかなかなかったのかもしれない。

「そうか。でも、俺の妻とそんなに仲良くされると嫉妬するな」

「えっ……？」

一瞬呆けた表情をするゼナ。俺は立ち上がって彼女の傍へ回り込むと肩に手を回す。

そして、そのまま椅子から立ち上がらせた。

「ユ、ユーリ様っ!?」

驚いて一瞬身を固くするゼナ。

婚約者に乱暴されてしまったときのことを思い出してしまったのかもしれない。

俺はそんな彼女を安心させるため、やさしく抱きしめる。

「あ、うっ……」

「俺はゼナが考えてるような乱暴はしない。まだ男の言うことは信じられないかもしれないけれど、セシリアが信頼してくれた俺を君にも信じてほしい」

「……は、はい」

その言葉で少し落ち着きを取り戻したようだ。

「やっぱりまだセシリアの名前ほうが信じてくれるか」

「うっ、それは……」

気まずそうに視線を逸らすゼナ。

「別に気にしなくていいんだ。ただ、時間をかけても信頼してくれるようになると嬉しい」

まずはそのための第一歩だ。

俺は彼女の腰に手を回すと、そのままベッドまで連れていく。

ここまでくるとゼナも俺が何をしようとしているのか分かったようだ。

ふたりでベッドへ腰掛けたところで彼女が止める。

「こ、こんな！　いけません、ユーリ様にはセシリアさんが……」

「問題ない。そもそも、貴族には側室や妾がいないほうが少ないんだからな」

俺の父親にも妾は何人かいた。

セシリアの両親はその少ない例外だったようだが、貴族界の常識は知っているだろう。

そして、ゼナの父親であるエブリントン侯爵も、そのつもりだ。

目的は一致したとはいえ、まだ出会って日が浅い男に娘を同行させるというのは純粋に応援という意味だけではない。

ゼナを任せることで俺への期待を示し、それと同時に自陣営につなぎ留めておくための楔《くさび》にする。

高位貴族として、それくらいは考えていたのだ。もちろん、俺が説得に成功すればだが。

婚姻外交やそれに類するものは、昔から貴族同士の関係を築くための常套手段だからだ。

今日、俺に交渉を任せてくれたセシリアもきっと、それを感じ取っているだろう。

そして、少し冷静になればゼナだって父親の思惑に気づくはずだ。

それでも侯爵が、同行の条件にゼナ本人の了解を加えたのは、親として子供の意志を尊重したいという思いがあるからだろう。親子関係がそれほど悪くないということでもある。

「もちろん、ゼナが嫌だというなら何もしない。出来れば、帝都にはいっしょに来てほしいが」

純粋に、男としてこれだけ魅力的な女性とセックスしたいという気持ちはある。

けれど、せっかくここまで仲良くなった関係や侯爵の怒りを買う可能性を考えれば、その選択肢はなくなるだろう。

「……そ、それは……私が決めろということですか？」

「そうだ」

俺が頷くと彼女は視線を床に落とす。どうしたら良いか、かなり迷っているようだ。

しばらくそのまま待っていたが、彼女は泣きそうな顔になってしまう
「私、そんなこと選べません……ユーリ様のことは、まだ少しだけ怖いです。でも、セシリアさんとの姿を見ていると安心できる人なんだなと思います。ただ……」

「自分で選ぶのが怖い、か」

以前、婚約者に乱暴されてしまったときの記憶がトラウマとして残っているようだ。

そのときは親に決められた婚約だったから、それを理由に心を守ることが出来たんだろう。

しかし、自分から選んでしまえば、万が一のときにより強いショックを受けて立ち直れない。ゼナは俺が思った以上に弱い女性のようだ。しかし、それならば別の方法もある。

「ゼナ」

「は、はい」

緊張した様子で彼女がこっちを見る。

俺はそんな彼女に顔を近づけると、そのままキスした。

「んっ!?　あぅっ！」

驚いた様子で体を震わせるゼナ。

しかし、俺はしっかり彼女を抱き寄せてキスを続行した。

「ぷっ、ふぅ……選べないというなら俺の言う通りにしたらいい。それなら安心だろう？」

「ユーリ様、ごめんなさい私……」

「人にはそれぞれ得意不得意がある。俺がゼナの背中を押そう。いざというときは、俺の腕を掴んで引っ張ればいい」

そう言うと、彼女は目を潤ませて頷いた。

「……ありがとうございます、ユーリ様」

「俺もゼナに助けてもらう予定だから、お互い様だ」

安心させるように何度か背中を撫でると、そのままベッドへ押し倒す。

「ひゃっ！」

「大丈夫、無理はしない。セシリアのときだって上手くいったよ」

「そ、そうですよね」

やはりセシリアのことを例に出すと、少し安心するようだ。

しばらく彼女に足を向けて寝られないなと思いつつ、ゼナを愛撫していく。

片手で体を抱き寄せながら、もう片方の手で体をまさぐった。

「あ、んんっ……はぁっ……ユーリ様の手、大きいです」

「いずれこの手で触れられるだけで、気持ちよくなれるようにしてやる」

そう言いつつ、俺もゼナの肢体のエロさに魅了されていた。

ずっと室内で暮らしていたからか肌は真っ白で、手足も少し細めだ。

しかし、胸元と腰回りにはしっかりと女性らしい肉付きがある。

特に胸はセシリア以上の大きさで、爆乳と言っていいほど。

「すごいサイズだ。揉んでいると指が埋まりそうだな」

「んんっ……ふぅ……男の人はそこが好きなんでしょうか」

そう言いながら自分の胸を見下ろすゼナ。

「時々パーティーなどに出席したときは、視線が集まるのを感じてしまって……」

「これだけのものなら、そうなるのも仕方ないだろうな。もちろん俺にも魅力的に見えるぞ」

「んっ……あ、またっ……ひゃうんっ！」

指先で乳首を刺激するとゼナの嬌声が漏れる。

どうやら体のほうも感じてきたみたいだ。

「このままドロドロにしてやるさ」

俺はゼナの服をはだけさせつつ、彼女の体を動かす。

そして、自分のほうへお尻を向けて四つん這いにした。

「はぁっ、はぁっ……これ、恥ずかしいっ……」

「心配しなくても、じっくり見る必要もないほど濡れているぞ」

「あぅ……」

まだ少し緊張している本人と違い、体のほうは準備万端だった。

秘部からはトロリと愛液があふれ出している。

俺はズボンから肉棒を取り出し、割れ目へ押しつけた。

「ひゃぐっ！　あぁ、熱いですっ……はふ、はぁ……こんなものが、私の中に？」

「ああ、奥までぴったりな。入れるぞ」

両手でゼナの腰を掴み、ゆっくりと挿入していく。

「んぐぅっ……はぁ、あぁぁっ！」

硬くなった肉棒が熱い膣内をかき分け奥へ進んでいった。

「くっ、想像以上に熱いな！」

中はセシリアほどは狭くなく、挿入自体は容易だ。

けれど、興奮した体が入ってきた肉棒に襲い掛かってくる。

入り口から奥まで断続的に締めつけられてしまった。

「んぁっ、はぁっ！　ひっ……奥まで、来てますぅっ！」

「ああ、全部入るぞっ！」

グッと腰を押しつけて最奥の子宮口を突き上げる。

その瞬間、ゼナの腰がビクビクッと大きく震えた。

「ひいぃぃぃぃっ！　あぁぁっ！　奥まで熱いですっ！」

与えられた刺激に喘ぐゼナ。

ただ苦しそうな様子はそれほどなく、快感に蕩けているようだ。

「見た目だけじゃなく中身までエロいんだな」

関心しながらつぶやき、また腰を動かしていった。

あまり乱暴にしないよう気を付けつつ、大きなストロークで入り口から奥まで擦り上げる。

その度に彼女が歓喜の嬌声を漏らし、俺も興奮していった。

「ゼナ、どんな具合だ？」

「はぅ、はぁはぁっ……そ、想像よりずっと気持ちいいです。どんどん体が熱くなって……あぅっ！　あんっ！」

真っ白なお尻に腰を打ちつけると、その度にゼナの口から嬌声が漏れた。

互いの性器がこすれる度に生まれる快感が、すでに彼女の全身へ隙間なく巡っているようだ。

「こんなの、初めてです。か、体が熱で溶けてしまいそうですっ……！」

与えられる刺激で息を荒くしながら身もだえるゼナ。

普段大人しい彼女の妖艶な姿に、俺も腰の動きを激しくしてしまう。

「ひゃうんっ⁉　ま、また強くっ……あぁあぁぁっ！」

「くっ……本当に搾り取られそうだっ！」

快感で蕩け切った肉ヒダが絡みついてくる。

ピストンする度にヒクヒクと震えて、だんだん腰の奥から熱いものが迫り上がってきた。

「ふぅっ、ゼナがこんなにエッチだったとは思わなかったぞ」

「あぅ、んううっ！　私がやったんじゃありません、体が勝手にしているんですっ！」

「そうかもしれないな。でも、確かにこんな感覚は初めてだ」

どこまでも飲み込もうとする貪欲さが恐ろしいほど気持ちいい。

油断していると射精してしまいそうなので、必然的にどんどん気合を入れてピストンが激しくなっていった。

パンパンと体同士がぶつかる音が部屋の中に響く。

「わ、私の中がぁっ、ユーリ様にめちゃくちゃにされちゃってますっ！」

「このまま最後までめちゃくちゃにしてやるっ！」

興奮がどんどん高まっていき、止められなくなる。

そして、ついにふたりとも限界がやってきた。

最初にそれを訴えたのはゼナだ。

「ユーリ様っ、ユーリ様ぁっ！　私もうダメですっ！　ひっ、んぐぅっ……あぁぁっ！」

長い灰色の髪と大きな乳房を揺らしながらゼナが叫ぶ。

もうたまらないようで、彼女の膣内が今まで以上に締めつけてきた。

あからさまに子種を求めるような動きに、俺も本能的にこみ上げてくる。

「つぐ、ふぅ……ああ、良いぞ。俺もこのままっ！」

ここまで来た以上はふたりとも止められない。

互いに体をぶつけ合い、快楽を貪っていった。

「はぁっ、んぐっ……あうっ！　ユーリ様、このまま中にくださいっ！」

「ゼナッ!?」

まさか彼女のほうから求められるとは思わず驚いてしまう。

しかし、どうやら本気のようだった。

「はぁ、はぁ、んぐぅっ……ユーリ様のこと、受け止めさせてくださいっ！　それで、私も少しは変われる気がするんです」

「そこまで言うのなら分かったよ」

俺も覚悟を決めて頷く。

子作りをするならセシリアが先だと思っていた。

けれど、ゼナが頑張っているのだから、俺だけリスクを回避するのは格好が悪い。

「一番奥まで満たしてやるからな！」

両手で彼女の腰を引き寄せ、最奥まで肉棒を打ち込む。

そしてそのまま、限界まで高まった欲望を解放した。

ドクンと熱いものが駆け上がり、そのまま彼女の膣内で放たれる。

「あああぁぁぁっ！　ひぃっ！　ひゃうううううぅぅっ!!」

射精した瞬間、ゼナもその熱を感じて絶頂した。

ビクンと大きく腰を震わせる。

「イッ、あああああぁぁぁあああぁぁっ!!　イクッ！　ひぃぃいっ、うううううぅぅぅぅっ!!」

絶頂の快感が彼女の全身を駆け巡っていった。

背筋をゾクゾクと震わせ、両手でシーツを鷲掴みにする。

「あぐぅぅっ！　はぁっ！　あぁぁぁぁっ……」

ドクドクと射精は続き、膣内はもちろん子宮まで精液を送り込んでいく。

ゼナは快感に耐えきれずベッドへ突っ伏してしまった。

数十秒ほど経ち、ようやく落ち着いたところで話しかける。

「ゼナ、大丈夫か？」

「はぁ……はぁ……な、なんとか」

ちゃんと意識はあるようだ。

気絶してしまって、新しくトラウマになったら目も当てられないので幸いだった。

「とりあえず楽な姿勢にしようか」

このままうつぶせでは胸が押しつぶされて苦しいだろう。

俺は彼女の肩を掴んで転がし、体を横向きにする。

そして、俺自身も彼女の体が向いているほうへ横になった。

「ユーリ様、ご迷惑をおかけしてしまってすみません」

「このくらい気にすることじゃない。それより、体は大丈夫か？」

「まだ、少し熱いですが……大丈夫です」

ゼナの真っ白な肌が興奮で紅潮し、全身に汗が噴き出ていた。

その姿も艶めかしく、油断すると興奮してしまいそうになる。

俺はその気持ちを抑えて彼女の顔を見た。

こちらのほうは体より落ち着いているようだ。

普段の冷静な顔が見える。

そのとき、不意に彼女が顔をしかめる。

「んっ……」

「どうした？」

「せっかくいただいたユーリ様の子種が溢れてしまいそうで……」

少し内股気味になるゼナ。

そんな健気な姿を見ていると愛らしく思えてしまう。

これから帝都へ行ってゲドルフ公爵を失脚させなければいけないのに、自分でも暢気だと思う。

けれど、確かに今のゼナは先ほどより魅力的だ。

一皮むけたと言っていいかもしれない。

「あまり無理はしないほうがいい」

「大丈夫です。もう体のほうも落ち着いてきたので」

そう言うとゼナはゆっくり体を起こした。

俺もいっしょに体を起こして向き合う。

「ユーリ様、ありがとうございました。おかげで少しトラウマが薄れたと思います」

「それは良かった」

少しでも彼女の力になれたなら幸いだ。

それに、これからいっしょに帝都へ行ってもらうんだ。

男性恐怖症は解消されているほうがいい。

完全に治らないまでも、俺たちがフォローできる範囲まで落ち着いているのが望ましいな。

「あまり男たちの目の多いところへは連れて行かないようにする」

元々ゼナに臨むのは、その優れた頭脳でのブレーン役だ。

実際に行動するのは俺やセシリアだろう。

「ありがとうございます。ユーリ様やセシリアさんのお力になれるよう、精いっぱい頑張りますね」

そう言うと彼女は笑みを浮かべた。

それを見て俺も安心する。

ただ、もう少し踏み込んでしまったほうが良いかもしれない。

俺は用意していた案を実行に移す。

「ゼナ、帝都行きとは別に、もう一つ提案があるんだ」

「なんでしょうか？」

ここで俺から何を提案されるか想像できないようで、不思議そうな表情をしている。

俺は一度呼吸を整えると言葉を続けた。

「正式に、俺の妻になってくれないか？」

「わたしを、ですか？　……本当に？」

「俺と結婚してほしい。ただ、セシリアが本妻だから側室になってしまうが」

さすがに彼女を差し置いて本妻にはできない。

セシリアからの信頼も、ゾイル伯爵という立場も失ってしまう。

「で、でもっ！　お父様には……」

「それについては心配ない。一応、昨日のうちに確認をとっておいた」

エブリントン侯爵も最終的にこうなることは織り込み済みで、俺にゼナを紹介したんだろう。

思ったよりスムーズに許可が貰えた。

そして、肝心のゼナの返答だが……。

「……分かりました、お受けします」

彼女はそう言って頷いた。

「そうか、受けてくれるか」

俺はその言葉にホッと一息つく。

「私も閉じこもったままではいけないと思っていたんです。お父様や、家を継ぐ弟にも迷惑はかけられません」

「そういえば、弟がひとりいるんだったな」

「はい、優秀な弟です。腹違いなのですが」

ゼナは侯爵の前妻の娘であり、弟は後妻の息子だった。

そして、彼女は父親や弟との関係が良好な反面、継母との関係があまり良くないらしい。

継母は顔を合わせようともせず、彼女をいないものとして扱っているようだ。

前妻の子が邪魔というのは分かるが、かなりあからさまだな。

そういう意味でも、家から出ていくことは考えていたんだろう。

「正妻はセシリアだから、第二夫人という形になるが、それでいいな？」

「はい、十分です。おふたりの助けになれるよう微力を尽くします」

こうしてゼナが俺のふたり目の妻となった。

もちろん、このことはすぐセシリアにも伝える。

彼女も、ゼナとの話がうまくいったことを喜んでくれた。

それから三人でエブリントン侯爵に面会し、正式にゼナを嫁にもらうことに。

問題は、ゲドルフ公爵のスパイに気取られる訳にはいかないので、盛大な式を上げることはできないことだ。

俺やエブリントン侯爵はそれについてゼナに謝罪し、計画が終わったら改めて式を上げることを約束する。彼女もそれを受け入れてくれた。

そして侯爵との別れもそこそこに、俺たち三人は間者に気づかれぬようひっそりと出発し、帝都へ向かうのだった。


移動に一週間ほど時間を費やし、とうとう帝都へ到着した。

帝都は二十メートルはある巨大な城壁に囲まれており、その城壁外にまで町が広がり続けている大都市だ。

「わぁ、ここが帝都！　すごいですっ！」

「話には聞いていましたが、人も建物も故郷の数倍はありますね……」

初めて帝都を目にしたセシリアとゼナ。

ふたりはその発展具合に驚いているようだった。

帝国の他の都市は、大きなものでも数十万人程度の人口だ。

それでも小国の首都ほどもあるが、帝都は桁違い。

「市街を囲む城壁の内側だけでも百万人。壁の外に広がる街も含めれば三百万人に届くと言われているな」

「さっ、三百万!?」

「そんな数字、他でもありえませんね……」

「ああ、この帝都こそがブロン帝国の繁栄を司る場所だからな」

人口はもちろんだが、莫大な物資や兵力もこの城壁の中に蓄えている。

多くの市民を抱えながら籠城したとしても、数年は持ちこたえられるという。帝都の主兵力である近衛兵団は精強で、防衛に徹すれば十倍の数相手でも持ちこたえるという噂だった。

「なるほど、ここに籠られてしまえば、いくらお父様といえど簡単に手出しできないというのは頷けます」

「ああ、だからこの帝都の主導権を握っているゲドルフ公爵こそが、今の帝国を支配していると言っていい」

そんな相手に俺たちは、たった三人で挑まなければならない。

無謀かもしれないが、覚悟はもう済ませている。

「とりあえず休む場所へ向かおう。すぐ借りられる家に思い当たるところがある」

そう言って、俺は馬車を商業区のほうへ向かわせた。

そこで顔見知りの商人に、空き家を都合してもらう。

帝都の物件、それも貴族用となると本来はかなり人気だが、最近になっていくつか空きが出ているらしい。話を聞くとどうやら、重税が決まってからは帝都の屋敷を引き払って、領地に戻る貴族がいるようだ。

さっそく用意してもらった屋敷に向かい一休みすると、そのことをセシリアやゼナにも伝える。

「もう重税の影響が出てるんですね」

「……おそらく、今後のことを考えて早めに行動したのでしょう。帝国の統治に悲観を抱いている貴族が出てきたということです」

「こっちにとっては好都合だな」

俺たちの目的はゲドルフ公爵を失脚させ、権力を皇帝のもとへ戻すこと。

けれど、相手がこの帝都と精強な近衛兵団を握っている以上は、軍事力でそれを行うことはできない。

帝国の政治に不安を抱いている貴族が多くなれば、ゲドルフ公爵を失脚させるときに助けになるかもしれない。

具体的には、エブリントン侯爵が目指す皇帝の復権に賛同する貴族が多くなるかも。

まあ、その辺りはエブリントン侯爵次第だが。

俺たちはまず、ゲドルフ公爵を失脚させるために材料を見つけなければ。

使用人が用意してくれたお茶を飲みながら三人で計画を立てる。

「まず、どうやって失脚させるかだが……」

「ゲドルフ公爵を疑心暗鬼にし、内部崩壊させるしかないと思われます」

ゼナが即座に答えた。

「その理由は？」

「普通の権力者なら失態を犯させ、周りからその責任を取らせる形で失脚させるのが自然です。しかし、ゲドルフ公爵はブロン帝国の宰相という最高位の地位につき、皇帝陛下をも支配しています」

確かに彼女の言う通りだ。

奴が何かミスを犯したとしても、それを責める人間がいない。

仮にいたとしても、帝都を押さえている公爵は瞬く間にミスをもみ消してしまうだろう。

「……ですので、公爵自身に組織を内部崩壊させるしかないのです」

「ああ、よく理解できた。今の体制を崩壊させられるのは公爵自身しかいないということだな」

そうなればアプローチの手段は限られる。

ゲドルフ公爵の陣営に入り込み、身内しか知り得ない情報を手に入れるのだ。

そして、それを使って公爵の邪魔をしてやれば奴は疑心暗鬼になる。

身内に裏切り者がいるかもしれないと思って。

そのまま妨害をしていけば恐怖した公爵は粛清に走り、陣営は崩壊するだろう。

「だとすると、狙う相手が重要だな」

公爵の情報にアクセスできて、かつ疑われにくい相手でなければいけない。

「それについては調査が必要そうですね」

「まだ帝都に来たばかりだしな」

俺とゼナの意見が合致する。

聞いていたセシリアも頷いて、行動方針が決まった。

しばらくの間は息をひそめて情報収集しつつ、標的を定める。

「方針が決まったなら、まずは休むとしよう。ここまで長旅だったからな」

俺は旅に慣れているが、令嬢であるセシリアやゼナには大変だっただろう。

そう考えて早めに休むことにした。

その日の夜、俺が寝室で横になっていると部屋の扉が開く。

「……誰だ？」

気配に気づいて目を開き起き上がる。

「ひゃっ!?　ダメだった」

「……バレてしまいました」

そこにいたのはセシリアとゼナだった。

ふたりとも薄着で、なんというか夜這いに来たようにしか見えない。

「こんな夜中にどうしたんだ」

「あ、あの、それは……」

ゼナが良い訳を探している横で、立ち直りの早かったセシリアが開き直る。

「どうしたって、夜中に妻がふたり揃って夫のベッドへ来るなんて、理由は一つしかないですよね？」

「そう言うことか」

どうやら本当に夜這いだったらしい。

俺は少し驚きつつも問いかける。

「ふたりとも旅で疲れていないのか？　一週間も馬車で揺られっぱなしだったからな」

座っているだけでもなかなか疲れるものだ。

特に家で籠っている生活をしていたゼナには堪えただろう。

そう思っていたが、彼女は首を横に振る。

「途中で何度か休憩も挟んでいたので大丈夫です。ユーリ様に気遣っていただきましたから」

「そうか、なら良いんだが……あまり無理はするなよ」

そう言いつつ断ることはしなかった。

俺自身、ふたりにしてもらえるのは楽しみだからだ。

「どんなふうにするんだ？」

そう聞くとセシリアが答える。

「ゼナさんはあまり激しくしないほうが良いし、今日はいっしょにご奉仕しようかなって」

「はい。ここに来るまでの間、セシリアさんと相談しました」

彼女たちはベッドへ近寄ると服を脱いでいく。

俺の前に一糸まとわぬ姿が晒された。

「……綺麗だな」

健康的で引き締まったセシリアの体と、真っ白で人形のように綺麗なゼナの体。

ふたりが並んでいると否応なく興奮が高まってしまう。

彼女たちはそのままベッドへ上がってくる。

そして、左右に分かれて俺の腰のあたりにやってきた。

「じゃあ今日は……わたしたちの胸で、たっぷりご奉仕しますね！」

「……少し恥ずかしいですが、きちんとご奉仕できるよう頑張ります」

そう言いつつ腰のほうへ身を乗り出す。

その拍子に彼女たちの大きな胸が揺れた。

「なるほど、そうくるか」

ふたりは俺のズボンに手をかけると、下着ごとあっさり脱がしてしまう。

興奮で硬くなりはじめた肉棒が姿を現した。

「ユーリ様の、大きい……」

「これからご奉仕するんですから、しっかりしないとダメですよ？」

「は、はい！　ご指導よろしくお願いいたします、セシリアさん」

俺のものを見てふたりも気分が高まってきているらしい。

「じゃあ、まずは両側から胸を押しつけて……」

「……やってみます」

セシリアが左から、ゼナが右からそれぞれ巨乳を押しつけてくる。

もう肉棒も完全に勃起していて、ちょうどいい位置にあった。

「ん、しょっ……！」

「あぁ、熱いですっ！」

ふたりの胸が同時に肉棒を挟み込んだ。

「うぉっ!?」

その瞬間、熱く柔らかい感触が伝わってきた。

彼女たちの巨乳の感触だ。

それを味わった途端、あまりの気持ちよさに声が漏れてしまう。

「こ、これはっ……！」

今まで奉仕してもらった中でも一番の包容力だった。

左右から挟み込んでいるはずなのに、上下や前後からも包まれている感覚がする。

ふたりの巨乳で肉棒が完全に包み込まれてしまっているからだ。

「このままマッサージするんですよ」

「分かりました、やってみます」

彼女たちは俺の肉棒を挟みながらパイズリを始める。

乳房が押しつけられ、上下に動き、肉棒を丁寧にマッサージし始めた。

「ふっ……ふぅっ……これはすごいなっ！」

いままで感じたことのないほどの、柔らかく重量感のある刺激に耐えられない。

たちまち肉棒が震えて先走り汁が漏れ出してしまう。

「んっ……どうですか？　わたしとゼナさんの胸の中、気持ちいいですか？」

「……気持ちよくなっていただけると嬉しいですわ。そのためにも、ゼナさんといっしょに頑張ります」

ふたりは楽しそうに笑みを浮かべながら奉仕を続けていた。

互いに押しつけ、グニュっとゆがんだ巨乳はそれだけで見ごたえがある。

「いったいどこでこんな奉仕を覚えてきたんだが……」

「これくらいなら性教育のときに教えてもらいましたよ。ちょっと恥ずかしかったけど、ユーリさんに喜んでもらいたくて！」

「……いかがですか？　よろしければ、もっとギュウっと押しつけますね」

俺が頷くと、彼女たちはますます濃厚な奉仕をしてくる。貴族家の性教育は侮れないようだ。

「んんっ……はぅ、胸の中がだんだん熱くなってきました」

「ユーリ様もすごく興奮していらっしゃるようですね」

ゼナの言う通りだ。

どんどん興奮が強くなって止められない。

腰の奥から、熱いものが迫り上がってくるのを感じる。

「でも、まだまだですよ。ここからもっと気持ちよくなるんですからね」

そこでセシリアがニコッと笑った。

そして、何やら口をもごもごご動かすと舌を出す。

「……んれぇっ」

その舌の先から濃厚な唾液が滴った。

それはそのまま胸の谷間に落ち、中に染み込んでいく。

「ッ！　中がヌルヌルしてきた」

唾液が肉棒に絡みつき、潤滑油代わりになっている。

おかげで肌と擦れる抵抗が小さくなり、胸の動きがよりスムーズになった。

「んっ、特製の唾液ローションです。これでもっと動かせますね！」

「私もセシリアさんに負けていられませんね。……ん、んぐ……れるぅっ！」

さらにゼナもセシリアを真似して舌を動かした。

追加で唾液ローションが滴る。

胸の谷間のぬめりがさらに強まってしまった。

「ご、極楽だな……うっ……くぁっ！」

セシリアの巨乳とゼナの爆乳、四つの柔肉を交互に押しつけてくる。

唾液ローションのおかげでふたりの谷間を行ったり来たりして、もうどこで挟まれているのか分からないほどだ。

ただ温かくてぬるぬるして、気持ちいいという感覚だけが与えられる。

それに加えて……。

「ユーリさん、聞こえますか？　たくさん胸を動かしたから、こんなにエッチな音が……」

肉棒が谷間でもみくちゃにされるたび、ヌチャヌチャといやらしい音がする。

先走り汁と唾液ローションが混ざっているからだ。

視覚、触覚、それに聴覚まで。

いろいろな方向から興奮を煽る情報が送り込まれてたまらない。

これらすべてを、セシリアたちの奉仕で得られているというのも満足感が高かった。

「……ユーリ様、どうか我慢なさらないでください。最後は存分に私たちの胸に吐き出してくださいませ」

「わたしたちが頑張った証、たくさん出して見せてくださいっ！」

「くっ……あぁ、出すぞっ！」

ふたりから求められて興奮が限界を迎える。

俺は破裂寸前まで滾ったものを一気に吐き出した。

肉棒が大きく震え、大量の子種汁を射精していく。

「ユーリさ……んひゃっ!? 熱いっ、胸の中が熱いです！」

「あぁ、こんなにたくさん……素敵ですユーリ様……」

セシリアは勢いの良い射精に驚いた表情を見せた。

反対にゼナはうっとりした表情で、吹き上がる精液を見下ろしている。

もちろん、射精の最中も彼女たちは胸を押しつけてくれた。

おかげで最後の一滴まで搾り取られてしまう。

数分後、ようやく落ち着いたところでふたりが体を離した。

胸の谷間には、べっとり精液が張りついている。

「わたしたちの胸、真っ白ですね」

「凄く熱くて素敵です。ユーリ様、ありがとうございました」

ふたりとも満足そうな笑みを浮かべていた。

「礼を言うのはこっちなんだけどな、本当は」

そう言って苦笑いする。

俺は何もしていないというのに、ここまで奉仕してもらって申し訳ないくらいだ。

このお返しは今度きっちりしなければならないだろう。

「しばらくは情報収集になるだろうから、セシリアたちも休んでくれ」

「はい、ではいっしょに！」

すると、彼女は俺の隣で横になる。

ゼナは少し躊躇しながら、俺に視線を向けた。

「……私もお邪魔してよろしいでしょうか？」

「ああ、もちろんだ」

そう言うと、ゼナも俺の隣へ来る。

それから俺は心地よい疲労感に身を任せ、眠りにつくのだった。

第三章　侯爵令嬢を罠にハメる

帝都に到着してから一週間ほどが経つ。

俺たちはその間、情報収集に努めていた。

ある程度の情報が集まったところで、もう一度会議を開くことに。

俺の部屋にセシリアとゼナを呼び、三人で話し合う。

「この一週間である程度ゲドルフ公爵の情報が集められた。これを使って作戦を考えよう」

三人で囲んでいるテーブルには数枚の資料が置かれていた。

全てゲドルフ公爵とその周辺に関する情報だ。

公爵の派閥の重要人物や力関係が記されている。

「……凄いです。この短時間でよくこれだけの情報を集められましたね」

資料を確認していたゼナがそうつぶやいた。

「帝都には知り合いも多いからな」

まだ男爵家の領地が健在だったころは珍しい貿易品を仕入れていたから、その伝手で帝都には少し知り合いが多い。

その中で、ゲドルフ公爵を良く思っていないだろう者をリストアップし、協力を依頼したんだ。

もちろん万が一のことを考えてこちらの目的は伝えていないので、情報だけならそこまで不思議がられることはないだろう。帝都では、敵対的な貴族を失脚させるための政争は日常茶飯事だ。

日ごろの情報収集くらい、当たり前に行われている。

中でも一番の大物であるゲドルフ公爵の情報は、豊富だった。

「量は多い。とはいえ、あくまで表面上のものばかりだな」

さすがにバレたらマズい秘密などは、しっかりガードしているんだろう。

それ単体では当たり障りのない情報しか得られなかったようだ。

「いえ、きっとこれで十分です」

しかし、ゼナはそう言うと資料を読み込み始める。

俺とセシリアも確認しているが、ゼナは特に真剣な様子だ。

三十分ほどすると、すべての資料を確認し終えたようだった。

そして、ゼナが顔を上げる。

「……ゲドルフ公爵について、ある程度のことは分かりました」

「ああ、ここからなんとか、つけ入る隙を見つけないとな」

そうは言うものの、パッと見た限りでは弱点になりそうなものはない。

出自も、経歴も、宰相としての能力も、派閥の長としての統率力もある。

欠点らしい欠点が見つからないのだ。

「本当に弱点がないですね。もしあったとしても、隠していると思うので難しいですけれど」

セシリアも悩ましい表情で言う。

俺たちふたりはそんなふうに悩んでいたが、ゼナは様子が違うようだ。

「……いえ、少し気になる点がありますわ」

「どこだ？」

「公爵の家族についての記述が少ないのです。ユーリ様、なにかご存じですか？」

「ふむ、家族か……」

例えば政敵を倒す際に、相手の家族を誘拐して脅すという方法もある。

かなり過激な方法だけれど、相手が家族を大切にしていればそれだけ有効だ。

公爵はその危険を考えて、家族の情報を隠しているのかもしれない。

「確か、ゲドルフ公爵の本邸は帝都内にあったな。そこに夫人とひとり娘がいるはずだが……詳細はよく分からない」

ゲドルフ公爵に跡取り息子がいないというのは、比較的知られていることだ。

ある意味、能力的にはほぼ問題のない彼の、唯一の欠点かもしれない。

「家族の行動先が分かればいいんだが……」

今回の情報収集はゲドルフ公爵に対象を絞っていた。

そのせいで公爵以外の情報は、それほど集まっていない。

そのとき、セシリアが何か思い出したようで口を開く。

「そういえば！」

「どうしたんだ？」

「はい、先日買い物へ行ったときに聞いたんですが……」

セシリアが言うには、週末に帝都で皇帝主催のパーティーが開かれるらしい。

そこには帝都で暮らす多くの貴族が集まるようだ。

そしてもちろん、宰相ゲドルフ公爵も出席する。

「なるほど、そこで目標を偵察しようってことか」

「はい。パーティーには婦人同伴とありますから、ゲドルフ公爵の夫人か娘も確認できるはずです」

「公爵とその家族を一度に見られて、上手くすれば話している様子も分かるかもしれないな」

会話から家族との関係が分かれば、そこからつけ込む隙を見つけられるだろう。

今の情報が足りない俺たちからすれば、ぴったりの方法だ。

「よし、そのパーティーに出席しよう。問題は、招待状が手に入るかだな」

貴族のパーティーというのは、最低でも招待状がなければ出席できない。

皇帝主催ともなれば警備も厳重で、しっかりした身分証明も必要だろう。

「その点は問題ないと思います」

しかし、心配する俺をよそにセシリアはそう言う。

「今回のパーティーは皇帝陛下の誕生日を祝うということで広く開かれているようですから、貴族ならしかるべき場所へ申請すれば、招待状を貰えると思います」

「へえ、誕生パーティーだったのか。それは幸運だな」

確かにそれなら、大規模な代わりに招待客のチェックは比較的緩いだろう。

帝都に来てからゲドルフ公爵のことしか調べていなかったから、危うくパーティー出席のチャンスを逃すところだった。

「助かったよセシリア。感謝する」

「そんな、わたしはただ聞いた話をしただけですよ。でも、お役に立ててよかったです！」

そう言って嬉しそうな笑みを浮かべる。

俺は感謝の気持ちを込めて彼女の頭を撫でると、ゼナのほうを向いた。

「ゼナもいっしょに行けるか？」

本来なら作戦を考えるゼナにも、公爵やその家族を直に見てもらったほうが良い。

けれど、彼女は実家でずっと、屋敷の中で静かに過ごしていた。

いきなり帝都の、それも大規模なパーティーに参加させるのは不安がある。

「そうですね、少し自信がありません」

「ふむ、なら仕方ない。当日は俺とセシリアで参加しよう」

無理をさせて途中で体調を崩してしまったら危ない。

「……ご迷惑をおかけして申し訳ありません」

すまなさそうに頭を下げるゼナ。

「気にするな。少人数ならそれだけ素早く動ける利点もある。ゼナには集めた情報で作戦を考えてもらう予定だから、そっちをよろしく頼むよ」

「は、はい！　私、頑張ります」

俺の言葉で勇気づけられたのか、彼女は力強くうなずいた。

こうして、俺とセシリアは皇帝陛下の誕生会へ出席することになるのだった。


そして予定していた週末になる。

俺はセシリアを連れてパーティー会場の帝都城に来ていた。

「ここが帝都城……何度か遠目に見ていましたけど、実際近くで見るとすごい迫力です」

隣にいるセシリアが少し緊張した様子で言う。

「文字通りこの国の中心だからな。帝国の国力の象徴でもある」

帝都城は帝都の中心に位置する城だ。

水堀と城壁に囲まれ、外敵を一切寄せつけない鉄壁の城。

敷地も広く、この城だけで中規模な町ほどもある。

正面には大きな跳ね橋があり、俺たちは橋の手前にある衛兵隊の詰所で招待状を確認されてから中に入った。

セシリアの言う通り、パーティーの招待状は比較的簡単に手に入った。

これも伯爵になったおかげだろう。

没落男爵のままだったら、もう少し待たされていたかもしれない。

ただ、入り口の警備が控えめだった分、城内の警備は厳重だ。

「重武装の兵士が巡回していますね……」

「ああ、近衛兵団だ。この国でも有数の精鋭部隊さ」

磨き上げられた鎧を身にまとい、上質な剣と盾で武装する兵士。

騎士でもない、一般の兵士がここまで上等な武装を持っていることは、なかなかないだろう。

もちろん実力も相当なようで、兵士ひとりで三人分の力があるとか。

ブロン帝国が全盛期より国力が落ちている今でも、大規模な反乱が起きていない理由の一つが、こういった強力な皇帝直属の部隊が整備されていることに理由がある。

「こうして時折大きなパーティーを開いて、皇帝の力が絶大なことを示しているのさ」

「下手に反乱を起こそうものなら、この近衛兵団を派遣して叩き潰してしまうぞ、ということですね」

「ああ、そうだ」

実際、過去には反乱を起こしたが半月と経たずに鎮圧されてしまった貴族もいる。

帝国の貴族たちは、力で逆らうことの愚かさを学ばされているのだ。

「だから俺たちも、からめ手で公爵を失脚させないといけない」

そのための今日のパーティーだった。

「よし、さっそくだが会場に入って公爵を見つけよう」

「はい！」

それから俺たちはパーティー会場の館に入っていく。

パーティー会場は広く、中で野球が出来そうなほどだった。

すでに多くの貴族たちがひしめている。

貴族だけでなく、商人や外国人もいるようだ。

ブロン帝国は以前、拡張政策のために周辺国へ戦争をしかけていた。

そのせいで近隣国家とは、それほど仲が良くない。

とはいえ友好関係にある国が、まったくのゼロではなかった。

遠方の国家とも、交易などをしている。

俺の故郷の港町に届いていた交易品も、そういった国々からやってきた品々だった。

「すごく沢山の人がいますね。エブリントン侯爵のパーティーとも段違いです」

「皇帝陛下の権威の賜物……という訳ではないな、残念ながら」

もちろん皇帝に対する忠誠を示すというのもある。

けれど、より重要なのは実権を握っているゲドルフ公爵だろう。

彼の機嫌を取って取り入ろうとしたり、あるいは何かしらの取引を持ち掛けたり……。

もしくは、俺たちと同じように偵察目的の奴もいるかもしれない。

「肝心のゲドルフ公爵だが……」

「まだ来ていないようですね」

会場を一通り見渡してもそらしい姿は見えない。

おおよその外見は話に聞いているし、本人が現れれば場の空気も変わるはずだ。

「それまでの間に、俺は知り合いでも探しておくか」

これからしばらく帝都に滞在することになる。

男爵時代の知り合い、友人に顔を見せておくことにしよう。

利害が一致すれば助けになってくれるかもしれない。

昔、交易品の取り寄せなんかで貸しがある輩も多いしな。

「わたしもごいっしょします」

「ああ、頼むよセシリア」

今回は婦人同伴とあって、妻や娘などを連れている貴族ばかりだ。

ひとりで行動していたら逆に目立ってしまいそうだからな。

それから、俺たちは会場内を回って知り合いに挨拶していく。

大半の知り合いは俺が領地を失ったことを知っていても、伯爵家に婿入りしたことはまだ知らないようで、たいそう驚いた顔を見せる。

ちなみに没落寸前になっても彼らは俺に援助などしなかったが、別に恨みはない。

貴族社会では突然家が没落するなんてよくあることだ。

大貴族ならまだしも、男爵や子爵といった下級の家は規模が小さく資金なども少ない。

なにか大きなミスをしてしまったら、あっという間に没落してしまうのだ。

俺も何人か、知り合いの貴族が没落したのを見ているしな。

そのまま当たり障りのない挨拶をしながら会場を回った。

しばらくすると、会場の正面のほうがざわつき始める。

「そろそろか」

「皇帝陛下がいらっしゃるようですね」

セシリアの言葉通り、司会から主催の皇帝陛下が来るとのアナウンスがあった。

扉が開くと、豊かな髭を蓄えた金髪の中年男性が入ってくる。

ブロン帝国皇帝、レオール三世だ。

俺たち参加者はすぐにその場で頭を下げる。

皇帝が用意されていた椅子に腰かけると、その傍に肥満体系の初老の男性が立った。

「あれが……」

「ああ、ゲドルフ公爵だな」

頭はつるりと禿げているが、皇帝のものより立派な髭をたくわえている。

そして、公爵は頭を下げている参加者を見渡して口を開いた。

「皆の者、面を上げよ」

その言葉で俺たちは頭を上げ、しっかりふたりの姿を確認することが出来た。

「ユーリさん。なんというか……皇帝陛下はあまり覇気がありませんね」

「ああ、隣の公爵とはえらい違いだ。まさに傀儡とそれを操る黒幕だな」

皇帝は気品のある顔立ちだが、良くも悪くも普通という印象を抱く。

それに比べるとゲドルフ公爵は異様だ。

体型こそ肥満で、頭も禿げているなどだらしなく見える。

しかし、猛禽類のような鋭い視線がこちらに向けられていた。

あの目に見つめられると反射的に目を逸らしたくなってしまうだろう。

こう言うのは何だが、明らかに皇帝より格上だ。

大勢の前でその雰囲気を隠さないということは、俺たちに自分がこの帝国を陰から支配していると誇示しているんだろう。

「あの人が、わたしたちの……」

「ああそうだ、よく見ておけ。ただし、気取られないようにな」

油断して敵意をむき出しに見ると、気づかれてしまいそうだ。

続いて皇帝自身が口を開く。

「皆、よく集まってくれた。大義である。今日は祝い事であるゆえ無礼講である。楽しむがよい」

「……陛下からのお言葉があった。さあ、今宵は楽しもうではないか皆の衆」

皇帝に続けてゲドルフ公爵が言う。

そして、彼がステージのほうへ視線を向けると、用意していた楽団が音楽を奏で始める。

それを境に会場は一気にパーティーの雰囲気となった。

「よし、始まったな。公爵のところへ行こう」

「挨拶するんですか？」

「いや、様子を伺うだけだ」

ただ、あの雰囲気では不用意に近づくとバレてしまうだろう。

少し距離を取って観察したほうが良いかもしれない。

セシリアといっしょにゲドルフ公爵の見えるところまで移動する。

公爵は皇帝に付き添って、客の挨拶に対応しているようだ。

この場で皇帝に挨拶するのは他国から招待された貴族など、普段皇帝に会う機会のない者たちだった。

国内の貴族が挨拶するタイミングは、また別に設けられるんだろう。

俺とセシリアは距離をとりつつ、皇帝と公爵の様子を探る。

「皇帝陛下、またお会いできて光栄でございます」

「おお、ゲティア公国の議長殿。よく来てくださった」

「皇帝陛下のお祝いとなれば飛んでまいります」

どうやら他国の来賓と話しているようだ。

そのまま挨拶を交わし続け、皇帝は次々と相手を変えていく。

その一方で、挨拶し終わったばかりの来賓が、皇帝の後ろに控えているゲドルフ公爵に話しかけていた。

「宰相殿、この度はご招待いただきありがとうございます」

「我が国と貴国との友好関係を考えれば当然です議長殿。それより、例の貿易条約の件ですが……」

条約という言葉が聞こえてきた。

どうやらかなり実務的な話をしているようだ。

しかも、まだ挨拶している皇帝を置いておいてこっそりと。

話に聞いて知っていたが、改めて今の皇帝は傀儡だと思い知らされる。

「では議長殿、奥で詳しい話をいたしましょう。ここでは、どこかに話が漏れる可能性もありますので」

「ええ、そういたしましょう」

来賓が先にパーティーを出る。

公爵は皇帝に耳元でなにか告げると、来賓の後を追っていった。

「行ってしまいましたね」

「ああ、だが収穫はあった」

ゲドルフ公爵は思ったより強固な体制を敷いている。

彼の行動に皇帝が文句ひとつ言わなかったし、周りも当たり前のようにしていた。

それだけ公爵の支配が盤石ということだ。

「正面からの攻略は不可能だ。やはり搦め手でいかないと」

そのためには公爵の家族の情報が必要になる。

「公爵の妻か娘はいるか？」

「はい、おそらくあれが……」

セシリアの視線の先を見る。

そこには数人の従者に囲まれた黒いドレス姿のお嬢様がいた。

テーブルのほうを向いて何やらつぶやいている。

「はぁ……なんでわざわざ帝都城に出向いてパーティーに出席しないといけないのかしら。疲れますわ」

身長はセシリアと同じくらい、年齢も同じくらいだろう。

肩口ほどまである金髪は綺麗に手入れされていて、かなり金がかかっているのが分かる。

髪は一部をまとめてツーサイドアップの形にしていた。

そのとき、そのお嬢様がこちらを向く。

「お父様はどこですの？　さっきまでわたくしの傍にいましたのに」

顔は全体的に強気な印象を受ける。

目はパッチリとしていて少しツリ目気味。

瞳は赤く、まるでルビーのようだった。

さらにスタイルのほうも良い。

さすがにゼナには一歩劣るものの、胸も尻も魅力的な大きさだ。

正直に言って、とてもあの肥満体の公爵の娘とは思えない。

「アレが本当に公爵令嬢なのか？」

「そ、そのはずです。このパーティー会場では一番護衛が多いですし」

「む……確かにそうだな」

彼女の周りを囲む従者は四名。

しかもあからさまに護衛だと分かる、剣呑な雰囲気を纏っていた。

穏やかなパーティーには不釣り合いなほど厳重な警備だ。

「なるほど、あれほどの警備は公爵令嬢以外にありえないな」

同時に、それだけでも分かることがある。

「公爵はそれほど娘を大切にしているということか」

パーティーの雰囲気も気にせず露骨に護衛をつけるということは、そういうことだ。

少なくとも、公爵から娘へは愛情があるらしい。

「確か名前は……」

「ペトラさん、というようです。先ほどご婦人たちが話しているのを耳にしました」

「耳が良いんだなセシリア。助かるよ」

「えへへ……役に立てたなら嬉しいです」

セシリアと話をしていると、ペトラのほうが少し賑やかになる。

「トラブルですか？」

「どうやら、そうみたいだ」

見れば、ペトラが男性の給仕に向かって怒鳴っている。

「ちょっとあなた、どういうつもりですの？　もう少しでドレスが濡れるところでしたわ！」

「もっ、申し訳ございません！」

どうやら給仕が飲み物を持ったままぶつかってしまったようだ。

床に割れたグラスとこぼれたワインが見える。

ただ、幸運にもペトラにはかからなかったようだ。

「大変申し訳ございません！　どうかお許しを！」

給仕のほうはかなり必死な様子だ。

「……おかしいですよユーリさん。あんなに怖がるなんて」

「ああ、そうだな」

実害があったならまだしも、ペトラはドレスも無事だ。

それなら多少叱るくらいで済ませるのが貴族の度量というもの。

俺も子供のときにそう教わったし、セシリアもそうだろう。

しかし、周りの雰囲気はどんどん悪くなっていった。

ペトラと給仕の周囲から貴族たちが距離をとる。

そして、給仕の男性のことを可哀想なものを見る目で見ていた。

「あの給仕、少しマズいかもしれないな」

「ど、どうなるんでしょうか？」

不安がるセシリアの前でペトラが動く。

彼女が片手を上げたのだ。

それに合わせて控えていた護衛が前に進み出る。

「ひぃっ!?　お、お許しをっ！」

ふたりの護衛がそれぞれ給仕の肩を掴み、その場で立たせた。

そして、もうひとりの護衛がロープのようなものを取り出す。

「わたくしを不快にさせた罪、万死に値しますわ！」

「ッ!?　そ、それはっ……どうかそれだけはお許しくださいぃっ！」

ここがパーティー会場だということも忘れて大声で許しを請う給仕。

それまで怒っていたペトラだが、給仕のその姿に嗜虐心を露にして笑みを浮かべる。

「うふふふっ……ただ、下賤な血でこの場を汚す訳にはいきませんから、拘束して牢獄へ送ってあげます。この場で手打ちにされないことを感謝なさい」

そして、護衛が給仕の体をロープで拘束しようとする。

「まさか、本気で牢獄送りにするつもりか？　皇帝陛下も見ているのに、こんな騒ぎを起こすなんて正気じゃない。普通なら無礼なのはペトラのほうだ」

目の前で行われていることは俺の理解を超えた所業だった。

自分の領地でなら無礼を働いた領民を手打ちにすることもあるだろう。

しかし、ここは帝都。そして帝都城だ。

極めつけに少し離れた場所には皇帝がいるというのにだ。

自分の領民でもない平民を、牢獄送りにしようとしている。

おそらく後で処刑してしまうだろうな。

「……本当に、正気じゃない」

思わずそう呟いたところで、たまたま近くにいた旧知の貴族が声をかけてくる。

「公爵令嬢は普段からあのような行いをされていますよ」

「なっ……本当ですか？」

「ペトラ様には気を付けたほうが良い。公爵閣下の権威を背景に帝都で好き放題なさっています」

そう言う彼は深刻そうな表情だった。

おそらく帝都で暮らしているなかで、これまでにも悩まされてきた経験があるようだ。

「誰か止めないのですか？　あのままでは……」

「我々男爵や子爵といった下級貴族では止められません。かといって、伯爵や侯爵といった上級貴族はゲドルフ公爵と敵対するのが恐ろしくて口を挟めないようです」

「なるほど、分かりました」

あまり見ていたくない光景だが、ここは静観したほうが良さそうだ。

わざわざ面倒ごとに首を突っ込むことはない。

そう思っていたが、俺は隣でセシリアが肩を震わせているのに気付いた。

「おい、セシリア……ッ!?　待て！」

次の瞬間、飛び出そうとした彼女の肩を掴んで止める。

「放してくださいユーリさん、あのままじゃ！」

「自分の役目を分かってるのか？　今回の目的は観察だけだ」

そう小声で注意する。ここで手を出してしまったら、こっちの正体が露見してしまう。最悪、ゲドルフ公爵に報告されて敵として認識さるかもしれない。

「でも……」

セシリアがペトラたちのほうを見る。すでに給仕はロープで拘束されかけていた。このままでは数分としない間に、牢獄へ連行されてしまうだろう。

「ユーリさん、どうか行かせてください！　今回だけわがままを言わせてください！」

セシリアの目は真剣だった。

故郷では目にしたことのない理不尽な出来事に我慢できないんだろう。

正直に行ってしまえば、これくらいの理不尽は巷に溢れている。

わざわざ危険を冒して助けに行くメリットはほとんどない。

しかし、ここでセシリアを強引に止めてしまえば不和を生むことになる。

少人数での行動は信頼関係が重要だ。

これからのことを考えるとそれは避けたい。

「……分かった」

「えっ？」

「俺がなんとかするから、セシリアはここで待っているんだ」

「わ、わかりました」

彼女が頷くのを見て俺は一安心する。

そして、セシリアの代わりにペトラのほうへ向かっていく。

「お、おい。何をする気だ？」

「止めろ、彼女を刺激するな！」

俺の動きに気づいて周りが制止してくる。それだけペトラが恐れられているということだ。

「……だが、俺が挑むのはゲドルフ公爵だぞ。その娘ごときに手間取っていて何が出来るんだ」

そう自分に発破をかけると、近くのテーブルに置いてあったワイングラスを持つ。

そして、そのままペトラのほうへ近づいていった。

「おっと危ない！」

「ひゃっ!?」

俺はよそ見をしたフリをしながら、ペトラへぶつかろうとする。

だが、ギリギリのところで残った護衛のひとりが伸ばした手に遮られてしまった。

グラスは落とさなかったものの、衝撃でワインがこぼれてペトラの足元を汚す。

「な、なんですの？　また誰かぶつかってきたというの!?」

ペトラは新しいトラブルに少し動揺しているらしい。

俺はグラスをテーブルに置くと彼女の前に出る。

まだ動揺している内に仕掛けたほうが良いからだ。

護衛たちも服の模様などで俺が伯爵だと分かったようで、無理に止めはしない。

「大変失礼いたしました、お嬢様」

彼女の前に出るとすぐに頭を深く下げる。

「私の不注意でぶつかりかけてしまったようです」

「……あなたは誰かしら？」

「ユーリ・ヴェスダット・ゾイル伯爵です。本日はゲドルフ公爵令嬢様にお目通りが叶い、恐悦至極に存じます」

そう名乗ると彼女がわずかに迷うそぶりを見せた。

下級貴族ならまだしも、伯爵となれば高慢な彼女もさすがに思案せざるを得ないようだ。

「顔を上げて良いわ」

「はっ」

体勢はそのまま顔だけ少し上げる。

身長は俺のほうが高いが、ペトラのほうから見下ろす形だ。

「……ふん、見ない顔ですわね」

「今回の皇帝陛下のパーティーに合わせて帝都に参りましたので、まだ不慣れなのです。どうかご容赦いただけると嬉しいのですが」

あくまで田舎者ということで慈悲を請う形にする。

すると、こちらが下手に出たことが上手くいったのか、彼女が笑みを浮かべた。

「なるほど、田舎者だったの。だったらパーティー会場でとろくさい動きをするのも仕方ないですわねぇ」

こちらを馬鹿にするような物言いだ。

普通の伯爵クラスの貴族なら、こんなことをされたら黙っていないだろう。

上級貴族としてのプライドがある。

しかし、更なる成り上がりのために全てをかけている俺からすれば、一時だけプライドを投げ捨てるくらいどうということはない。

「ふん、お父様から伯爵以上には手を出すなと言われていますから、許して差し上げますわ」

「ありがとうございます。ペトラ様のお心の広さに感服するばかりです」

どうやら俺は許してもらえるみたいだ。だが、勝負はここからだった。

「しかし、ペトラお嬢様のお心を煩わせてしまったのも事実。どうでしょう、お詫びに何かプレゼントを贈らせていただきたい。……そこの彼の分も合わせて」

すると、ペトラが不審そうに眉を顰める。

「どうしてあの給仕まで庇うんですの？」

「庇うというわけではありませんが、お嬢様に心地よくパーティーを過ごしていただくためにはそうしたほうが良いかと。彼の身柄もこちらで預からせていただき、始末はつけておきます」

始末という言葉に給仕の男性が小さく悲鳴を上げる。

一方のペトラは、それを見てつまらなそうな顔をしていた。

「……もういいですわ、興味が失せました」

どうやら俺が間に入ったことで興が削がれたらしい。

こちらとしては好都合だった。

「はっ、失礼いたします。後日、お屋敷のほうへ贈り物をさせていただきます」

正直に言えば、たかが令嬢ごときが正式に爵位を持っている人間に何を偉そうな……と思う。

けれど、それだけ宰相の力が強い証拠だ。

俺が数歩後ろに下がると、彼女は前を通り過ぎていく。

(こんなふうに我が物顔で歩けるのも今の内だ。せいぜい楽しんでおくんだな)

俺はそう口に出しそうになるのを抑えていた。

ペトラと護衛たちの姿が、人垣の向こう側へ消えるとようやく背筋を伸ばす。

そして振り返ると、縛られかけたまま腰を抜かしている給仕に話しかける。

「おい、大丈夫か」

「ひぃぃ！　ど、どうかお助けください！」

「安心しろ、牢獄に送ったりはしない。お前の上司と少し話をさせてもらうかもしれないがな」

そう言っている内に、ふたりの人間が近づいてきた。

ひとりはセシリアで、もうひとりは上等なスーツを着た男性だ。

「ユーリさん！」

「ああ、なんとか上手くやったよ」

そう言うと、彼女は笑みを浮かべた。

「ありがとうございます。わたしでは絶対に喧嘩になってしまっていました」

「そうだろうな。だから俺が出たんだが」

万が一セシリアがペトラとトラブルを起こせば、最悪だ。

セシリアは併合されたとはいえセジュール皇国王家の血筋だから、そう簡単には処されないだろうけれど、代わりにひどく警戒されてしまったに違いない。

その点、没落寸前の元男爵だった俺なら、万が一調べられてもそこまで警戒されないはずだ。

「それで、そちらは？」

スーツの男性のほうへ視線を向けると、彼は青い顔をしながら頭を下げる。

「このパーティーの責任者を務めております、ブルードと申します」

「そうか。じゃあ、後はこの給仕のことを任せたい。頼めるか？」

「それはもちろんでございますが、処分などはいかがなさいますか？」

「ふむ……適当にしておいてくれ。ペトラお嬢様も興味を失っていたようだからな」

あのお嬢様も、わざわざ使用人ひとりの処遇を確認したりはしないだろう。

そう言うと、給仕もその上司もホッと安心していた。

「ありがとうございます。なんとお礼を言って良いか……」

「気にするな、セシリアが……うちの妻が助けたかったそうだ。礼ならそっちに言うといい」

そう言うと、俺も給仕たちから興味を失った。

それより、問題はこれからのことだ。

「……だが、これはもしかするとチャンスかもしれないな」

出会ってすぐ、僅かだがペトラと繋がりを持つことが出来た。

彼女の言葉を聞いている限り、親子仲はそう悪くなさそうだ。

ペトラが、ゲドルフ公爵を失脚させるための鍵になるかもしれない。

俺はその可能性を考えつつ、セシリアを連れて帝都城を後にするのだった。


城から屋敷へ帰ってきた俺たちふたり。

休む暇もなく、ゼナも合わせて作戦会議をする。

「ユーリ様、セシリアさん、おかえりなさいませ。いかがでしたか?」

「少しトラブルはあったが、なんとかなったよ」

俺はそう言うと、ゼナにパーティーで見聞きしたことを伝える。

その間セシリアは、紙にパーティーでの出来事をまとめていた。

「……なるほど、そんなことがあったんですね」

説明を受けたゼナは真剣な表情で考え込む。

「今度ペトラの屋敷へ、贈り物を届けることにもなっている」

「それは何かに利用できそうですね」

「ああ。だが、まだ彼女に関しての情報が少ない」

俺たちはペトラと今日会ったばかりだ。

彼女を目標として作戦を立てるには、まだ追加の情報が必要だった。

「なんとか懐に潜り込めないでしょうか？」

「難しいな。ペトラの警護はかなり厳重だ」

パーティー会場でさえ護衛が四人もついていたのだ。

普段暮らしている屋敷では、どれほどか想像もしたくない。

だが、幸いにも屋敷を訪れる口実はあった。

例の贈り物だ。

「贈り物を届けるときに、ついでに何か仕掛けられればいいんだがな。そう都合よくはいかないか」

何度か贈り物をして、警戒心を解く必要があるかもしれない。

そうすると費用や時間がかかる。

ただ、急がば回れとも言うし、焦るのは良くない。

「理想的な展開は、ペトラさんの弱みを握ることですね」

「なるほど。それで父親の情報を抜き出すか……」

護衛の厳重さから見ても、ゲドルフ公爵がペトラを大事にしていることは明白だ。

どうやら他に姉妹もいない、ひとり娘らしい。

だとすれば情報が洩れていても、娘を疑うことはないだろう。

俺たちにとっては理想的な情報源になる。

そして、娘を疑わない公爵は疑心暗鬼になっていく。

最終的には自ら組織の内部崩壊を起こして、失脚するという訳だ。

だが、そううまくいくかは不安があった。

今日実際に、ゲドルフ公爵へ会ってしまったからだ。

「あれは見た目で油断していると痛い目を見るタイプだ。万が一俺たちがペトラを利用しようとしたのがバレたら、相当な報復をしてくるだろう」

俺がそう言うと、セシリアもゼナも息をのむ。

「だが、今一番有効な作戦がペトラを利用することなのも事実だ」

「……つまり？」

「まずはやってみるってことさ」

俺はそう言って笑みを浮かべた。

「そのために、ペトラが喜びそうな贈り物を、用意しておかないとな」

彼女は実質的にこの帝国を支配する公爵の下で、何不自由なく暮らしてきた。

並大抵のお宝では満足してくれないだろう。

俺にも昔の伝手で何人か知り合いの商人がいるが、はたして良い品物が手に入るかどうか……。

そんなふうに悩んでいると、ゼナが声をかけてくる。

「ユーリ様！」

「なんだ、どうした？」

「ペトラさんへの贈り物なのですが、一つアイデアがあるのです」

「ほう、聞こうじゃないか」

俺は少し身をかがめると彼女に耳を貸す。

そして、囁くように言われた言葉に目を丸くした。

「なっ……それは、かなり大胆な作戦だな！　大胆というか、無謀だぞ。リスクが大きすぎる気がする」

俺はゼナの作戦の大胆さに驚いてしまった。

「そうでしょうか？」

だが、彼女はかなり真剣な様子だ。

「これが成功すればペトラさんの弱みを握れます」

彼女の弱みを握れば、それを利用して父親の情報を横流しさせることができる。

俺たちにとっては理想的な展開だ。

「どんな話をしているんですか？」

そこでメモを終えたセシリアが会話に参加してくる。

「ペトラを利用する方法を、ゼナが提案してきたんだ」

「ペトラさんを？」

「ああ。ゼナ、セシリアにも説明してやってくれ」

俺がそう言うとゼナは頷いた。

「まず最初に、何度かペトラさんへ贈り物をして油断を誘います」

「謝罪の贈り物を利用するんですね」

ここはセシリアも理解できたようで頷く。

「そして……相手が警戒心を解いてきたタイミングで、贈り物にこっそりご禁制の品を混ぜます」

「えっ!?」

ここが予想外だったようで驚いた表情をした。

まあ、セシリアの反応には俺も同意だ。

「ご禁制の品って……それはまずいですよ！　持っているのがバレたら処刑ものです！」

ご禁制の品というのは、その名の通り国内で取り扱いを禁止された品物だ。

主な理由は敵国の特産品であるということ。

ブロン帝国は以前、領土拡張のために各方面へ征服戦争をしかけていた。

その内数ヶ国とは講和が成立して国交も回復している。

しかし、反対にずっと敵対的な関係を続けている国家もあった。

そのような国の特産品などは、ご禁制の品となっているのだ。

取引するどころか、輸送のために国内を移動させることすら許されていない。

万が一所持していることがバレたら実刑は免れず、最悪処刑されてしまうだろう。

それはたとえ貴族でも逃れられない。

そのような危険なものを作戦に取り入れようとしているゼナが、どれだけ大胆か言うまでもないと思う。

「セシリアの言う通り、万が一バレてしまったら俺たちも破滅だ」

ペトラを脅すことが出来ても、彼女が捕まってご禁制の品の出所が俺たちだと分かるのは良くない。

むしろ、ペトラを守るためにゲドルフ公爵は俺たちに罪を被せてくるだろう。

「そうならないためには、ペトラさんに必死になって隠していただかなければなりませんね」

「あいつがそれを出来ると？」

パーティー会場で会った印象だと、それほど器用とは思えない。

「むしろ、珍しい品が手に入ったと自慢して回りそうだな」

それだけ自己顕示欲が強そうに見えた。

「最初は品物がご禁制の品だと知らせず渡し、後で正体を教えて脅せばいいのです」

「ほう、なるほど」

自分で商品を押しつけておいて脅すんだから、まさに詐欺の手口だ。

「そのためには、ご禁制の品の出所が俺たちだと周りに知られちゃいけないな」

「はい。ペトラさんへの贈り物とは別枠で送らなければなりませんね」

そんな会話をしているとセシリアが口を挟んでくる。

「ちょ、ちょっと待ってください。本気でご禁制の品を使う気ですか!?」

どうやら彼女はあまり乗り気ではないらしい。

表情は険しく、俺とゼナを見る目も鋭い。

「それはゲドルフ公爵どころか、皇帝陛下への背信です！」

「まあ、そうなるな」

この件に関しては帝国の法を破り犯罪者となってしまう。

セシリアはそれが良くないと思っているようだ。

「……だが、今更だ」

俺はそう言い切る。

そしてセシリアの目を見つめ返した。

「有効な作戦があるなら、それが犯罪だろうと躊躇わず使うさ」

「……本気、なんですね」

「ああ。嫌なら俺とペトラだけでやる」

正義感の強いセシリアも、さすがに憲兵隊へ密告するようなことはないだろう。

けれど、いざ作戦を行っているときに迷いがあってはいけない。

賛同できないというなら、参加しないでもらうのも一つの手段だ。

「さあ、どうする？」

「ッ……」

俺の問いかけに彼女は迷うそぶりを見せた。

ここで参加を拒否するなら、それはそのときだ。

ただ、今更セシリアを排除することはできないし、新しい仲間を増やす時間もない。

出来ればいっしょに協力してほしいところだった。

「俺とゼナだけでも出来ないことはない。だが、確実性を考えればセシリアの協力が必要だ」

セシリアは僅かに目を閉じで思案する。

そして、考えを決めたのか頷いた。

「……分かりました。わたしにもお手伝いさせてください」

「やってくれるんだな？」

「はい。これも故郷の人々を助けるためですから」

「そうか、助かるよ。ありがとう！」

これで憂いなく作戦に挑むことが出来る。

「それで、肝心のご禁制の品なのですが……」

「ああ、分かっている。また昔の伝手を使ってみよう」

故郷には港ということで、怪しい連中もたむろしていた。

まだあくどいことを続けているか分からないが、帝都を探してみよう。

こうして、俺たちの作戦が動き始めるのだった。


俺はまず、ペトラへ送るための品物を用意することに。

それと合わせて、ご禁制の品を手に入れられる相手も探す。

ブロン帝国の帝都は他の都市とは比べ物にならないほど大きい。

城壁の内側はまだ治安が維持されているが、外の街へ行くと治安が悪く危険な区画もある。

だが、闇の商品というのはそういったところにあるものだ。

商業区とスラム街の間。

その狭い区画にアングラな店が集まっていた。

そこで俺は運よく男爵時代の顔見知りを見つけることに成功する。

故郷の港町に出入りしていた商人だ。

向こうは、いつの間にか俺が伯爵になっていたことに驚いたらしい。

まあ、何が起こるか分からないのがこの世の中だ。

そう言うと向こうも納得してさっそく商談に入る。

まず真っ当な贈り物だが、こちらはすぐ手配出来た。

ペトラはこの国で有数の裕福な暮らしをしている。

普通の宝石や装飾品では満足しないだろう。

そこで、異国風の細工をされた装飾品を取り寄せてもらうことにした。

帝国では今、国力増強のために国産品の増産が進められている。

それは生活必需品はもちろん嗜好品にまで及ぶ。

そのせいで国内に入ってきている外国製の装飾品などが少なくなっているのだ。

だが、なにも本物の外国製である必要はない。

それらしい装飾で、宝石を飾れば物珍しさで目を引くだろう。

だが、問題はもう一つのほうだ。

ご禁制の品……敵対国であるレズィン王国製の装飾品が欲しいというと、さすがの闇商人でも難色を示した。

「伯爵様、さすがにご禁制の品は手に入りませんよ」

「どうしてもか？」

ただでさえ暗い店のさらに奥。

蝋燭一本だけの明かりの中で会話する。

「ぞりゃあ、探せば一つか二つくらいはあるかもしれませんがね。商人も急に用意してくれと言われれば警戒しますって」

「ふむ……」

さすがに見つかれば重罪を免れない商品なだけあって難しいらしい。

ただ、絶対に手に入らない訳でもないようだ。

「今あるものが手に入らないなら、新しく輸入してきたらどうだ？」

「難しいですね。うちにレズィン王国への仕入れルートはないですよ」

「それはこっちがなんとかしよう。一つ心当たりがある」

レズィン王国の宝石は素晴らしい品質で、装飾品としてレベルが高い。

だが、帝国が征服戦争を始めてレズィン王国にも攻め込んだ結果国交が途絶えてしまった。

その関係は今でも修復されておらず、敵対国として認定されている。

「国同士の関係は途絶えているが、個人間の関係なら未だ維持されているかもしれない」

俺が頼ったのは祖父の代から男爵家と付き合いのあった老商人だ。

男爵領が他人の手に渡ってからは、帝都のほうで隠居していると言っていたからな。

彼は戦争以前に、レズィン王国と取引していたという話を子供のころに聞いたことがある。

さっそく家に向かうと、彼は足を悪くして寝たきりになっていた。

だが、事情を話すと協力してくれるという。

ここ十数年は昔の取引相手とも連絡が取れていないので確約はできないそうだが、十分だ。

さっそく紹介状を書いてもらい、それを闇商人に渡して装飾品を仕入れてきてもらうことに。

「伯爵様、向こうで取引が上手くいっても、帰ってくるまでに一ヶ月はかかりますよ」

「そこは問題ない。こっちも少し時間があったほうが好都合だからな」

その間に何度か贈り物をし、ペトラ側の警戒心を解いておくとしよう。

こうして、計画の準備は着々と進行していった。


一か月後、とうとう俺の下にご禁制のレズィン王国製装飾品がやってくる。

箱を開けると大粒のルビーの周囲を精巧な装飾が囲んだ見事なネックレスがあった。

「おぉ、これは想像以上だ。すばらしい」

見事なネックレスを前にして思わずそう言葉をこぼしてしまう。

「わぁ！　とても綺麗ですね！」

「……私も、これほどの逸品は見たことがありません」

セシリアとゼナも感心しているようだ。

もとから大貴族のお嬢様であるふたりがこう言っているのだから、ペトラにも喜んでもらえるだろう。

それに、一つ下ごしらえもしてある。

「ユーリ様、ペトラさんのほうはいかがですか？」

「ああ、上手くいっている。まだ顔を覚えてもらえた程度だが」

あれから何度も贈り物をしたおかげで警戒心は緩くなっているようだ。

最近は屋敷で開かれるパーティーへの参加も許されている。

新参者なので扱いは軽いが。

しかし、目的である贈り物を渡す立場としては十分だ。

「週末のパーティーに出席するペトラにこのネックレスをつけてもらえれば最高だ」

そうすれば多くの貴族たちがこのネックレスを目にするだろう。

その状態でこれがご禁制の品とバレれば、ペトラにとって致命的だ。

ネックレスの出自を隠すのと引き換えにペトラを脅すことが出来る。

「ただ、そのためにはこのネックレスを、ひそかにペトラへ渡さなければならない」

脅す対象のペトラはともかく、他の人間に俺が渡したと知られるのはマズい。

新参者の贈り物でペトラがご満悦になっていたら、他の参加者の恨みを買うからだ。

あのパーティーに出席しているのは彼女のご機嫌を取りたい奴らばかりだしな。

もし他人の弱みを握ったら、蹴落とすため積極的に利用するだろう。

「俺はこれを、ペトラの部屋へ忍び込んで置いてくるつもりだ」

「彼女の部屋へですか？　危険では？」

セシリアが心配そうに言う。

「確かにそうだが、それ以外に確実に渡す方法がない。そこで、ふたりには扉の前にいるだろう護衛の気を反らしてほしいんだ。部屋の中で物音を立てていると気づかれてしまうからな」

「わたしたちが、ですか」

「ああ、そうだ。ふたりにしか頼めないんだ」

ここにいる三人だけが、信頼できる人間だった。

使用人などもいるが、計画を知る人間は少ないほうが良い。

そう考えればセシリアたちに頼むしかない。

「セシリアさん……」

ゼナがセシリアのほうを見る。

「……うん、やろう。わたしたち、やってみます！」

「そうか、助かるよ」

俺はホッと一息つく。

そして、ネックレスの入った箱を閉じる前に、中から一枚の紙を抜き取った。

これは後でペトラを脅すときに使うものだ。

全て準備が整い、後は実行するだけになる。

こうして、俺たちは一世一代の作戦を始めるのだった。


週末、俺たち三人はペトラの屋敷を訪れていた。

帝都の一等地にある庭付きの大きな屋敷だ。

「すごいですね。こんな場所にこれだけの屋敷が……」

その立派なつくりにセシリアも驚いている。

「しかも、これがペトラひとりのためだけの屋敷だからな。公爵の権力と富がどれだけあるか底知れない」

俺は苦笑しながらも、彼女たちを連れて屋敷の中へ入る。

まだパーティーまでは時間がある。

しかし、もうかなりの人数が集まっているようだ。

屋敷の中を歩いていると声をかけられた。

「これはゾイル伯爵殿。今宵のパーティーにも参加なさるので？」

「ゼイン子爵殿ではないですか。ええ、今回は妻たちもいっしょです」

「おお、奥様方も。ではいっしょに楽しみましょう」

それから子爵と二言三言交わしてから別れる。

「ユーリさん、かなり馴染んでいるんですね」

「それが目的だったからな。まあ、まだ顔見知りと言っていいのは新参者の集団だけだが」

それでも屋敷内を歩いていても不審には思われない。

これだけでも活動しやすくなる。

「よし、じゃあ始めるぞ。ペトラは今の時間風呂に入っているはずだ」

彼女はパーティーの前に必ず風呂に入る。

今日だってそうだろう。

つまり、今の時間は部屋が無人ということだ。

「ペトラの部屋は二階のここだ」

懐から地図を取り出すとセシリアたちに説明する。

「この通路から歩いて行って、部屋の前にいる護衛をおびき出してくれ」

「ここですね、分かりました」

「……な、なんとかやってみますわ」

セシリアはもう覚悟が決まっているのか落ち着いている。

彼女の場合、領地にいたときもいろいろ歩き回って経験しているからだろう。

一方、ゼナのほうは少し緊張しているようだ。

こんなことをするのは初めてだろうからな。

「大丈夫だゼナ。セシリアの言う通りにすればいい」

「は、はい」

「きっと上手くいく。信じよう」

俺はそう言うとセシリアのほうを見る。

「セシリア、頼りにしている」

「任せてください！」

俺たちは頷き合い、行動を始めた。

こちらは一旦屋敷の外へ出て回り込む。

庭を巡回している衛兵がいるが、警備パターンは分かっている。

奴らの視線を避けながらペトラの部屋の下まで来た。

「よし、行くぞ」

窓に手をかけると勢いをつけて上がっていく。

窓枠にまで装飾があるから、指が引っかかって意外に上りやすい。

すぐにペトラの部屋の窓までやってきた。

中を覗いてみると、やはり誰もいない。

しかし、扉の向こうには警備の者が待機しているだろう。
この状況で中に入ると物音でバレてしまう。
そのまま少し待機していると、廊下のほうから声が聞こえてきた。
『きゃあっ！』
『ゼナさん、大丈夫ですか!?』
ふたりの声だ。
『うぅ……すみません、足をくじいてしまったみたいで』
『大変！　そこのお二方、助けてください！』
彼女に声をかけられて、護衛たちが動く気配がする。
今この屋敷に来ている他所の女性といえば、貴族の奥方か令嬢だ。
そんな人間から助けを求められて、無視するわけにはいかないだろう。
「よし、今だな！」
俺は窓を開けると部屋の中に潜りこむ。
辺りを見渡すと大きな机があった。
懐からネックレスの入った箱を取り出し、机に置く。
さらにその箱の上にメモを置いておき、素早く逃げ去るのだった。
俺は無事地面に降り立ち、成功した喜びをかみしめながらセシリアたちの下へ向かう。
セシリアたちは医務室に運ばれていたようだ。

「セシリア、ゼナ！」

中に入るとゼナがベッドで横になっている。

「ユーリさん！」

「……上手くいったでしょうか？」

「ああ、ふたりのおかげだ」

声を潜めつつ会話する。

「ああ、良かったです」

「頑張った甲斐がありましたね、ゼナさん」

彼女たちのおかげで上手くいった。

「ただし、重要なのはここからだ。目立ちたがり屋なペトラの性格なら、まず間違いなくネックレスを身に着けてパーティーに参加するだろうが、一応確認しておかないとな」

一仕事してもらったふたりには、ここで待っていてもらったほうが良いだろう。

セシリアは大丈夫かもしれないが、ゼナをひとりにするわけにはいかない。

「俺が確認してくる。セシリアはゼナを頼めるか？」

「分かりました。いってらっしゃいませ」

「上手くいくことをお祈りしています」

俺は立ち上がると、ふたりに見送られてパーティー会場へ向かうのだった。

◆　◆

そのころ、ペトラは部屋で見覚えのない箱と向き合っていた。

「……なんですの、これは」

不審そうな表情をしながら、箱の上に置かれたメモを取る。

開いてみるとそれはゾイル伯爵のメッセージだった。

『親愛なるペトラ様へ。貴女のためにこの貴重なネックレスを手に入れました。ぜひ今夜のパーティーで身に着けてくださると光栄です。くれぐれも、私からの贈り物だということは内密に。他の方々から嫉妬されてしまいますので』

用紙にはそう書いてある。

「ゾイル伯爵からの贈り物？　わざわざ品物だけおいていくなんて、少し変ですわね」

怪訝そうな顔をしつつも箱を開けるペトラ。

警戒心よりも好奇心が上回ったようだ。

これまで何度も贈り物をされていたから油断していたのかもしれない。

そして、箱の中のものを見て目を丸くする。

「なっ!?　こ、これはっ！」

彼女が驚くのも無理はない。

箱の中に入っていたネックレスは、帝国ではめったに手に入らないレズィン王国製のものだったからだ。

ペトラは贅沢な生活をしていただけに目が肥えている。

一目でこれが、よく見る模造品ではない本物だと分かった。

「すごいですわ、まだこんなものが帝国内に隠されていたなんて……」

レズィン王国製の装飾品は、ご禁制に指定されている。

唯一の例外は、指定される前に輸入されていたものだけだ。

そのおかげで現在は、純正のレズィン王国製装飾品の価値がとんでもないものになっている。

さらに所有者が奪われまいと隠すことで、取引されるものはほとんどない。

「あぁ、このルビーの輝く精密な装飾……まさにわたくしを飾るに相応しいネックレスですわね！」

満面の笑みを浮かべてネックレスを胸元へ飾るペトラ。

これが最近輸入されたご禁制の品だとは、まったく思っていないようだ。

彼女は実際、扱えば命の危険さえあるものを自分に贈られるとは、露《つゆ》ほども考えていなかった。

それはある意味で正しい。

もしペトラを貶めようとしているなら匿名で送りつけるからだ。

「ふふん……ゾイル伯爵、なかなか良い心がけですわね。今度お父様に取り立ててもらえるよう進言してあげようかしら」

そんなことをつぶやきながら、メイドを呼んでネックレスに合うドレスを身に着けていく。

彼女の元には、これまでも多くの贈り物が集まってきた。

その全てが、出世のための賄賂だ。

ペトラが贈り物を気に入れば、ゲドルフ公爵に名前を伝えて便宜を図ってもらえる。

これまでもそうしたことが行われており、今回もそうだと考えたのだろう。

彼女の表情からは、最初の警戒心がすっかり消えていた。

「さあ、パーティー会場へ行きますわよ！」

このネックレスを見た貴族たちがどんな反応をするのか。

そして、どんな言葉で自分を褒め称えるのか。

ペトラは楽し気な笑みを浮かべながら会場へ向かうのだった。

◆　◆

「……来たな」

パーティー会場に移動した俺は柱の陰から様子を伺っていた。

そして、会場にペトラが入ってくる。

その胸元には俺の送ったルビーのネックレスが輝いていた。

「よし、いいぞ。上手くいった」

俺はこっそりとガッツポーズしながら喜びをかみしめる。

その間にもペトラはネックレスのことを周りに自慢している。

そして、取り巻きの貴族たちは当然のように褒め称えた。

「素晴らしいネックレスですねペトラ様」

「それは……まさかレズィン王国製のものですか!? よくそのようなものが……さすがお嬢様です」

「まさに、お嬢様のために存在するような美しさですなぁ！」

そして褒め称えると同時に、ネックレスを見て驚いているようだ。

彼らもレズィン王国製の装飾品の貴重さはよく知っているのだろう。

「ふふっ、独自のルートで手に入れましたの。素晴らしく繊細な装飾でしょう？ 見とれてしまいますわ」

どうやらペトラは、俺の名を出す気はないようだ。

まあ、当たり前だな。

名前を出してしまえば、貴族たちの嫉妬が一心に俺に向けられる。

これまでに何度も賄賂の贈り物をされているし、その辺は心得ているんだろう。

俺にとっては好都合だ。

それからもペトラは会場を歩き、ネックレスを自慢して回った。

これで、今夜の参加者でネックレスを見ていない者はいないだろう。

もしアレがご禁制の品だとバレたら、一気に話が広がることになる。

彼女とゲドルフ公爵にとって、まずい傷になる。

それこそ、一歩間違えば失脚してしまうほどの醜態だ。

だが、もし追い詰められたら、出所である俺へ罪を擦りつけようとするはずだ。

そうさせないために、まずペトラを脅してゲドルフ公爵まで話が上がらないようにする。

「……さあ、これからだぞ。上手く脅さないとな」

俺は小さく笑みを浮かべながらその場を離れる。

そして、セシリアたちと合流して屋敷へ戻るのだった。


数日後、俺はペトラの屋敷をひとりで訪れる。

ふたりで話したいと侍女へ伝えると、すぐ了承の返事が返ってきた。

以前はこっそり侵入した彼女の部屋へ堂々と正面から入っていく。

「失礼いたしますお嬢様。ユーリ・ヴェスダット・ゾイル伯爵です」

彼女はソファーにゆったりと腰掛けて俺を待っていた。

「良く来ましたわね。まずは座って、それから話をしましょうか」

「はっ」

彼女に促されてソファーに座る。

侍女がお茶を用意すると、そのまま退出した。

これからするのは内密の話だ。聞くのは最小限の人間だけでいい。

ふたりきりになるとペトラが口を開く。

「先日の贈り物は見事でしたわ伯爵。わたくしはとても満足です」

相変わらず、あくまで令嬢の立場だというのに偉そうなことだ。

どれだけ父親に甘やかされているのかよく分る。

「それはありがとうございます」

俺は頭を下げつつ様子をうかがう。

「……それで、伯爵は何がお望みかしら？　あれだけのものを贈ってもらったんだもの。それなりのお返しはしてあげますわ」

ご機嫌な様子で言うペトラ。

これほどニコニコしているのは見たことがない。

よほどあのネックレスが気に入ったようだ。

「わたくしは今すごく機嫌が良いですわ。お父様に要望をそのまま伝えてもよろしくてよ」

普通の貴族なら狂喜乱舞するような提案だ。

この帝国を裏から支配する公爵に好きなお願いができるのだから。

しかし、俺の目的はペトラ本人だった。

そのご機嫌な表情をブチ壊してやろう。

「いえ、お嬢様にお喜びいただけただけでも幸いです。……なにせ、そのためにわざわざレズィン王国から取り寄せたのですから」

「……はっ？」

ペトラの表情が固まった。

「ど、どういう意味ですの？」

「どうもこうもない。もしかして、まだ気づかないのか？」

俺は今までのへりくだった口調を止め、笑ってやった。

さすがの彼女も俺の顔を見て気づいたんだろう。

「まさか、アレはご禁制の!?」

ネックレスの正体に顔を青くする。

「ああ、そうだ。つい先週に取り寄せたばかりの新品だよ」

「そんな馬鹿な！　自殺行為ですわよ!?」

「そうかな？」

「当たり前ですわ、あのメモがあれば出所があなただという証拠が……」

「ほう、メモ？　何のことでしょう？」

「何をとぼけているの！　確かに伯爵の名前が書いてあったわ！」

そう言うと、彼女は立ち上がって机のほうへ向かう。

そして引き出しからメモを取り出すと、それを見て愕然としていた。

「そ、そんな馬鹿な！　確かに名前が書いてありましたのに！」

「消えているだろう？　時間が経つと消えてなくなる特殊なインクを使ったんだ」

「くっ、そんなものが……」

悔し気な表情をするペトラ。

ともかく、これでネックレスの出所が俺だという物的証拠はなくなった。

だが……。

「ふ、ふん！　証拠がないのなら捏造してしまえばいいのです。お父様に言って……」

「おっと、それは困るな」

躊躇なく証拠を偽造しようとする姿勢はさすがだ。

しかし、そうはいかない。俺は立ち上がると彼女の肩を掴んだ。

「ひゃっ!?　何を……むぐっ！」

悲鳴を上げられるのも困る。

そのままペトラの体を抱き寄せて、手で口をふさいだ。

あまりよい手段ではないが、万全を期すには、汚れ役にもなる必要がある。

「んんっ～！」

「公爵に訴えようとしたら、その前に俺が、ネックレスがご禁制の品だったことを公表する。証拠はあるからな」

そう言って懐から一枚の紙を取り出した。

「ん、それは……」

「ネックレスの鑑定書だ」

用紙にはネックレスの精巧なイラストと、本物だと保証する鑑定士のサインが入っていた。

この鑑定書はどの国でも有効な公文書だ。

サインには火で炙ると変色する特殊なインクを使っているため偽造は困難。

「それが本物だという証拠は？」

「この場でサインの端を火で炙って見せても構わないぞ」

「くっ……」

ペトラもようやく状況を理解したようだ。

ゲドルフ公爵ほどの権力があれば、困難な鑑定書の偽造も可能かもしれない。

しかし、それが出来上がる前にペトラがご禁制の品を身に着けていた話が一気に広まるだろう。

そうなれば、ペトラはまず間違いなく処罰されるだろう。

公爵家も責任を取らされて、ダメージを受ける。

だが、より確実を期すならば、予定どおりに進めてゲドルフ公爵に自派閥を内部崩壊させてもらったほうがいい。ペトラを協力者にする必要がある。

「……わたくしを脅すつもりですの？」

「ふふっ、理解が早くなってきたじゃないか」

俺は小さく笑うと、言葉を続ける。

「要求することは一つ。ゲドルフ公爵から情報をかすめ取ってくることだ。娘なら簡単だろう？」

「そんなこと……あなたの命令に従うなんて御免ですわ！」

だが、ペトラは要求を拒否した。公爵のためというより、俺への恨みがそうさせているようだ。

ゲドルフ公爵は娘を溺愛しているが、ペトラはそれほど父親を愛していないのかもしれない。

「言うじゃないか。でもな、俺だってそれで諦めるほど人が良くないんだよ」

そう言うと、俺は彼女の腕を引っ張って隣の部屋まで連れていく。

「こ、ここは寝室ですわ。何をするつもり!?」

「寝室に連れ込んですることなんて、一つだけだろう？」

「ッ!!」

その言葉にペトラが目を見開く。

「ま、まさか……わたくしを犯すつもりですの？」

「それはペトラの返答次第だな。素直に従うなら純潔だけは守れるかもしれないぞ」

脅しだけで済めばいいが、ダメなら俺も覚悟を決めることになる。

「この、外道っ！」

彼女が、相手を殺せそうなほど殺気が籠った視線を向けてくる。

心が弱い人間なら、これだけで委縮してしまいそうだ。

だが、俺には無力な娘の悪あがきにしか見えない。

「鬼畜、外道、好きなように言うがいい。俺には俺の目的があるからな」

そのために必要な手段なら何でも使う。こうして年下の少女を脅すことだってな。

卑劣だと分かってはいるが、この作戦は失敗は許されないのだ。

「さあ、どうする？」

俺が問いかけると、彼女はさらに目つきを鋭くした。

「わたくしは脅しなんかに屈しませんわ！　すぐ護衛の者を呼んであなたなんか……ひゃっ!?」

暴れようとするペトラを抑え込む。そして、そのままベッドへ押し倒した。

「おっと、それは困るな。大人しくしてもらおうか」

多少なら問題ないが、さすがに大声を上げたら護衛の兵士が踏み込んでくるだろう。

こっちとしても、怒りに任せて自爆されたら困る。

なんとか言うことを聞かせないといけない。

「俺が屋敷から戻らなかったら、すぐに仲間がネックレスのことを広める予定だ。ご禁制の品を、密輸した者がいるという噂を流してな。下手な真似はしないほうが良い」

「くっ……で、でもあの鑑定書がなければ！」

「無駄だな。もう一枚予備もある」

「そんな……」

自分の考えを次々と否定されて、動揺するペトラ。

ちょうどいい。この隙を突かせてもらおう。

「どうしても反抗するというなら、まずは体に自分の立場を分からせたほうが良いかもしれないな」

「な、なにするんですの!?　やっ、やめっ……ひゃうんっ！」

俺はペトラの服に手をかけて、はだけさせる。

「あうっ……んっ！」

「あまり暴れるな、怪我はさせたくない」

彼女の体を押さえつつ、まずは上のほうから始めた。

元々、どちらかというと薄着なペトラだ。

抵抗しようとも、すぐに肌が露になっていく。

「やぁっ！」

「へえ、なかなかスタイルが良いじゃないか」

服を剥くと大きな胸が零れ落ちた。

箱入り娘だからか手足は華奢だが、腰もくびれているからバランスがとれている。

それだけに、巨乳だとかなり目立つ。

さすがにゼナには一歩劣るが、セシリアと同等かそれ以上だ。

「わ、わたくしの肌を見ましたわね！」

服がはだけられてしまったことで、ペトラが顔を赤くする。

今までは完全な敵意だけだったが、羞恥心も混ざってきているようだ。

この調子でどんどん敵意を削いでいってやろう。

「ああ、よく見えるぞ。そう恥ずかしがるな、綺麗じゃないか」

高慢な性格のペトラだが、スタイルだけならそれに見合った素晴らしさだ。

多くの貴族は親であるゲドルフ公爵に近づくため媚を売っていたはずだが、中には純粋にペトラに惚れている奴もいるかもしれない。

まあ、体が良くても性格で台無しだがな。

鑑賞するならまだしも、この性格のまま近くに置きたいとは思わないだろう。

せめて、もう少し丸くなってもらわなければ。

「公爵に大事にされてきたんだ。今まで男に触れられたこともないだろう？」

「当たり前ですわ！　この体に触れたらあなたを極刑に……きゃっ!?」

言葉の途中で俺はペトラの胸を鷲掴みにした。

「見た目だけじゃなく感触も良いな。張りがあって肌が手に吸いつくみたいだ」

「ひっ……あぁっ……こ、このっ！　放しなさいっ！」

顔を真っ赤にして怒るペトラ。

だが、まだこのくらいの声じゃ外の護衛たちには聞こえないだろう。

この寝室からは直接廊下へ出られない構造になっているからな。

間に部屋を一つ挟んでいる分、声が漏れる心配は少なくなっている。

「ううぅぅっ！」

「ふふ、暴れても無理だ」

なんとか体を動かして俺から逃れようとしている。

しかし、馬乗りになられている状態じゃ、非力なペトラには無理だろう。

「すぐに、逃げようと思わないほどの快楽を与えてやるさ」

「やっ、やめっ……ひぃぃっ!?」

俺は胸に触れていた手を下へ動かし、下着をずらす。そして、ペトラの秘部へ直接触れた。

「そんなところ触らないでっ！」

「いいや、たっぷり愛撫してやる。トロトロになるくらいにな！」

笑みを浮かべながら指を動かし、彼女の秘部を刺激していく。

「だめっ、こんなの……あぁぁっ！」

彼女はいやいやと頭を横に振っている。しかし、俺の指は止まることなく愛撫を重ねる。

割れ目に沿って動きながら、少しずつ指を中に入れる。

処女膜を傷つけないようにしながら徐々に解していった。

「ひっ、あぁっ……やめっ……うぅ！」

そのまま愛撫を重ねていくとペトラにも変化が訪れる。

呻くような声の中に、僅かに嬌声が混じり始めた。

それに合わせて、愛撫している秘部も湿ってくる。

「そろそろ感じ始めたか。けっこう敏感なんだな」

まだ愛撫を始めて五分と経っていない。

「誰が、あなたなんかにっ！」

「まだ強気か。威勢がいいのは結構だが、我慢しすぎると体に毒だぞ」

「こんなことしているあなたに、言われたくないですわっ！」

「はは、確かにそれはそうかもしれないな」

思わず笑ってしまいつつも、愛撫は続ける。

こうしている間にもペトラの体は敏感になっていった。

体は熱くなって汗が浮き出て、真っ白な肌は興奮でわずかに色づいていた。

指を動かすとネットリと愛液が絡みついてくる。

「見ろ、もうこんなに濡れているじゃないか」

「こんな……こんなの嘘ですわ！」

愛液で濡れている指を見せつける。すると、ペトラは信じられないという顔をしていた。

「否定しようともこれが事実だからな。……さて、本番を始めるか」

「ほ、本番ですって？　あなた、まさかっ！」

俺の言葉を聞いてペトラの顔が青くなる。

「さすがにこれは察するのか。まあ、想像通りだ」

俺はズボンを脱いで肉棒を露にすると、そのまま秘部へ押しつけた。

この生意気なお嬢様を犯せると思うと、それだけで興奮してくる。

「ひっ!?　い、いやっ！　止めなさいっ！　今ならまだ許してあげますわよ!?」

「ははは、この期に及んで上から目線とはな。諦めて受け入れろ！」

「待って！　やぁっ！　あっ……ぐっ！　ひいいいいいいいいいいぃっ!!」

俺はぐっと腰を前に押し出して挿入していった。

肉棒が狭い膣内を広げながら奥へ進んでいく。

そして、そのまま容赦なく処女膜まで突き破った。

「いぎっ!? あぅっ、あぁぁぁっ……そんな、わたくしの純潔が……」

膜を破った衝撃で、自分が純潔を失ったのを理解したらしい。

何が何だか分からないまま奪うより、こっちのほうがいい。

絶望したような顔が見られたからな。

「こんな……こんなことあり得ませんわ……」

呆然とした様子でそう呟くペトラ。

しかし、たっぷりの愛撫で解された膣内は俺の肉棒を締めつけていた。

「夢だと思いたいなら勝手だが、現実は待ってくれないぞ」

そう言いつつ腰を動かしていく。

「ひゃうっ!? ま、待ちなさい! 今動かさないでっ!」

「どうしてダメなんだ? こんなに濡れているじゃないか」

腰を動かすと肉棒がスムーズにピストンする。

それだけ膣内が愛液で濡れているということだ。

「うぅ……ぜんぶあなたのせいよ! 体までこんなになってしまって!」

顔を赤くしながら自分の体を見下ろす。

どうやら体が熱くなって、興奮してしまっているのは自覚しているようだ。

「いっそのこと、この快楽を受け入れろ。そうすれば楽になるぞ」

「嫌よ！　誰があなたになんか……わたくしは公爵令嬢なのよっ!?」

「ふん、まだまだ元気だな」

俺は両手で彼女の腰を掴むと、思い切り激しいピストンをお見舞いする。

「ひゃあああぁぁっ!?　やっ、らめっ！　急にっ……ひぃ、あうぅぅっ！」

早いリズムで腰を動かし、ペトラの中を隅々まで犯していく。

「あぐっ、ひゃあぁあぁっ！」

ペトラの中を奥まで貫くと、一際大きい悲鳴が上がった。

ただ、それは単に悲鳴というには艶っぽすぎる。

「くくっ……どうした、声もかなりエロくなってるじゃないか。俺のは気持ちいいだろう？」

「んぅ、ああっ！　ダメですわ、動かさないでっ！　やっ、うぅぅっ！　また声がっ……ひぃぃっ！」

俺が腰を動かすと、その度にペトラが嬌声を上げていく。

イヤイヤと首を横に振りつつ、たっぷりと濡れた膣内は肉棒をキュンキュンと締めつけていた。

これが皇帝の前でも傍若無人にふるまっていた少女の末路かと思うと、気分が良い。

「ひゃあっ、ひぃぃぃっ！　待って、このままだとっ……！」

ペトラが慌てた表情になる。

どうやら絶頂が近づいているようだ。

「はぁっ、はぁっ、ううぅぅぅ！　やめてっ！　これ以上されると壊れてしまいますわっ！」

ついにペトラが許しを請うてきた。そこで俺は一つ提案する。

「素直に俺の言うことを聞くなら、壊さないでおいてやる」

「うっ……」

「さて、どうする？」

先ほどはすぐ否定してきたというのに、今は迷っている。

俺は問いかけながらゆっくり腰を動かした。

「あうっ！　ひゃっ……き、聞く！　あなたの言うことを聞くわ！」

「ふふ、ようやく素直になったか」

俺が一旦動きを止めると、ペトラも安心したように息を吐く。

しかし、次の瞬間さっきより激しく腰を動かした。

「あうぅぅっ!?　な、なんでっ……言うこと聞くって言いましたのにっ！」

「口だけじゃ信用ならないからな。一度互いの立場をはっきりさせておいたほうが良いだろう？」

そう言ってやり、今度は止めることなく最後まで犯していく。

「ひぃっ！　はっ、あぁぁっ！　ダメッ、イクッ……イッちゃいますのっ！」

「ああイけ！　俺も中で出してやるっ！」

ギュウギュウと締めつけてくる膣内に俺も限界が近づいていた。

興奮のまま腰を打ちつけ、我慢できないところまで高まってきたところでぶちまける。

「ひっ、やっ……ああっ、あううううぅぅぅぅっ!!」

ペトラが全身をビクビクと震わせながら絶頂する。

それに合わせて俺も一番奥へ射精した。

「ぐっ……！」

「ひぃっ、はひぃぃっ！　お、奥まで熱いものがっ……あああぁぁあぁぁっ!!」

精液を子宮にまで注ぎ込まれ続けて絶頂した。

俺は震える体を押さえつけて最後まで注ぎ込んでいく。

ようやく絶頂が終わったころにはもう、ペトラはぐったりしていた。

「はひぃ……はぁっ……ぅっ……」

もう言葉を発する余裕もないようで、パーティーで高慢に振舞っていた面影はない。

これでとりあえずは、言うことを聞かせられるとは思う。

俺は大人しくなった彼女の姿を見降ろしつつ、上手くいったことに安堵するのだった。

第四章　最後の階段を駆け上がる

ペトラを罠にハメたパーティーから、数日が経った。

俺の屋敷の一室に四人が集まっている。俺と、セシリア、ゼナ、そしてペトラだ。

「よしよし、ちゃんと逃げずに来たな」

俺は正面の椅子に座っているペトラを見て満足そうにつぶやいた。

それでも彼女はまだ、敵意をむき出しにした視線で俺を睨んでいる。

「ネックレスのことで脅されているんですもの。仕方なく来たんですわ」

卑怯者とでも言うように睨んでいる。

まあ、ペトラにどう思われようと仕方ないけどな。

情報だけは、しっかり出してもらわないといけない。

「さて、じゃあまずは何から話してもらおうかな」

この数日の間にこちらでも情報収集を進めていた。

それによると、ゲドルフ公爵は近々何かの計画を実行に移すらしい。

帝都の南部……住宅街に関することのようだ。

それを妨害してやることが出来れば、ダメージになるはずだ。

情報の秘匿を徹底していたはずが、どこからか情報が漏れていた。

そうなると身内を疑わざるを得ない。

一回ではそれほど効果がないかもしれないな。

だが、回数を重ねていけば公爵も疑心暗鬼に陥っていくだろう。

そうなればこっちのものだ。

娘を溺愛している公爵なら、ペトラが情報漏洩元だと疑わないだろうからな。

「最近、帝都南部に関する話を公爵から聞いていないか？」

「……」

だが、ペトラは俺の質問に答えない。　さっきと同じように睨んでいるだけだ。

「あのとき俺に言ったことを、覚えていないのか？」

ベッドの上で、俺の言うことを聞くと確かに言ったはずだ。

「ふん、あなたのような鬼畜との約束なんて覚えていませんわ」

しかし、ペトラはそう言うと横を向いてしまう。

「ここにきて俺の要求に応えないつもりか？　だったら……」

もう少し痛い目を見させたほうが良いかもしれない。

もちろん拷問するようなことはしないがな。

万が一にも体に傷でもつけてしまい、それをゲドルフ公爵が見つけたら大惨事だ。

その代わり、自分を失ってしまうほどの快感を与えてやろう。

「ベッドでもう一度素直にさせてやる」

「ッ！　や、やれるものならやってみなさい！」

俺の言葉に一瞬だけビクッと肩を震わせるペトラ。

そのとき、俺たちの間にセシリアが割って入る。

「ユーリさん、少し待ってください」

「セシリアはやはり、このやり方は納得いかないか？」

強めに聞いてみる。

ペトラに仕掛けたあと、セシリアたちに経過を話したときも、あまりよい反応ではなかった。

仕方ないことは分かってくれたが、手段自体は納得していなかったようにも感じている。

だからだろうか。セシリアは今、引かずに俺のことを見つめ返してきた。

「焦る気持ちは分かります。でも、乱暴にするのは逆効果ですよ」

「むっ……？」

「ここは、どうかわたしに説得させてください」

そう言うと彼女は、俺に頭を下げてきた。

セシリアのそんな姿を見ていると、なんだか頭の中が冷えていく感覚がする。

「……そうか、俺は焦っていたのか」

自分でも気づかない内に、だいぶ興奮していたらしい。

それで、普段より乱暴な言葉遣いや行動になってしまっていたようだ。

思えば、ペトラをハメる作戦が決まってからずっと、ハイになっていたのかもしれない。

目的のためとはいえ、昔の付き合いの闇商人などを相手にしたことで、セシリアと出会う前の荒《すさ》んでいた自分に戻ってしまっていたのだろうか。

「分かった、セシリアに任せる。迷惑をかけてすまなかった」

そう言って、俺のほうからも頭を下げた。

彼女に言われるまで、そのことに気づかなかったとは恥ずかしい。

「い、いえ！　迷惑なんてとんでもないです！」

そう言いつつも、セシリアは姿勢を正すとペトラのほうへ向き直る。

「あの、ペトラさん。出来ればわたしたちに協力してくれると嬉しいです」

ゆっくりと、俺とは違い優しい声音で話しかける。しかし、ペトラは頷かない。

「そんなふうに言われたからと、ホイホイ頷くと思っていますの？」

「でも、一度は協力してくれると言ったみたいじゃないですか」

「あ、あのときは無理やり犯されていて、仕方なかったんですわ！」

顔を赤くして反論するペトラ。

俺に激しく犯されてイってしまったときのことは恥ずかしいらしい。

「むぅ、ダメですか……」

「当り前ですわ」

どうやらセシリアの説得第一弾は、失敗してしまったらしい。

彼女は少し気落ちしてしまっている。

それに代わるように、今度はペトラを挟んで反対側にいるゼナが前に出た。

彼女も実は、あの日からは様子がおかしかった。今思えば、それも当然だ。

女性を襲うなんて、ゼナからすれば許せない行為だっただろう。しかし、俺が正気に戻ったことを、わかってくれたのかもしれない。あとでしっかりと、フォローしておこう。

「今のゲドルフ公爵は本来皇帝陛下のものである帝国を自分の物のように扱っています。これは正さなければなりません」

ゼナは理路整然とした口調で説得し始める。

「あなたは、お父様が帝国にとって害ある存在だと言うんですの？　とんでもないですわ！」

「……では、ペトラさんの意見をお聞きしましょう」

それから俺の前で、セシリアとゼナが交互にペトラを説得していく。

俺は口出しせずにそれを眺めていた。

それから一時間ほど経っただろうか。まだ明確な成果は出ていない。

「はぁ、ふぅ……なかなか頑固ですね」

「……少し、喉が疲れてしまいました……」

少し疲れた様子のふたりに比べてペトラはまだ元気だ。

「ふん、今の内に自分が間違いだと謝っておけば寛大な処置にしてあげますわよ？」

俺はそんな彼女を見ながら考える。

話を聞いていた限り、ペトラは父親が絶対に正しいという固定概念にとらわれている感じだな。

自分の考えを持っているというより、公爵への信頼が強いようだ。

おそらく、ずっと箱入りで甘やかされていたからだろう。

これは少し難しいかもしれないな。

幼いころから父親が絶対だと育ってきたなら、ちょっとやそっとで考えを改めさせることはできないだろう。かといって、さっきも言った通り、もう傷つけるようなことはできない。

ペトラを、ずっとここで監禁している訳にもいかないしな。

あまり屋敷を離れていると疑われてしまう。

あくまで彼女には、俺に協力し、公爵から情報を集めてもらわなければならない。

となると、取れる手段は限られてくる。

やはり確実なのは、肉体的にも屈服させることだろうか。もっと上手く、快楽によってだが。

「セシリア、ゼナ、話は終わったか？」

俺が声をかけると、ふたりがこっちを見る。

「す、すみません。説得できなくて……」

「……想像以上に手ごわかったです」

そんなふたりを見て、ペトラは笑みを浮かべている。

「ふん、わたくしを言い負かそうなんて、百年早いですわ！」

「分かった。なら、俺の得意な方法で言うことを聞いてもらおう」

「……はい？」

俺はセシリアとゼナに目配せする。すると、彼女たちも俺の考えを理解してくれたようだ。

これだけ話しても効果がなかったのだから、ふたりも協力してくれるはず。

帝国民や国家のことを思うべし……という理屈は、ペトラにはまったく効果がなかった。

真面目な令嬢であるふたりからすれば、それは結構驚きだったようだ。

ここまで自分中心的な貴族令嬢がいたことに、やや面食らって調子が出ないようにも見える。

だからこそ、今は俺のやり方に協力する気になったのかもしれない。

まあ、多分に嫉妬のようなものもあるのかもしれないが。

それに、協力したほうが俺がやり過ぎないよう監視することも出来るしな。

すっと近づき、彼女たちは両側からペトラの腕を掴んだ。

「なっ……いきなり何をするんですの!?」

「何って……もちろん、ベッドへ行くんだよ」

「ベッドって……この変態！　またわたくしを犯すつもりね！」

「そうやって文句を言うのも、今の内さ」

口は立派だが、肉体は平均的な少女のものに過ぎない。

俺も協力すれば、簡単に寝室へ連れ込むことが出来た。

そして、ゼナが部屋に鍵をかけて扉の所へ立つ。これで完全に逃げ場がなくなった。

「くっ……今日は何をさせるつもりですの？」

女性ふたりも加わったことで、ここに至って抵抗を諦めたようだ。

ペトラは、自分を左右から挟んでいる俺とセシリアを睨む。

セシリアは少し目を逸らしたが、俺は笑って返してやった。

「ちょうどいい、その生意気なところを大人しくさせてやろう」

ペトラの腕を掴むと、そのままベッドへ連れ込む。

「あうっ！　くっ、このっ……！」

「あまり暴れるな、怪我はさせたくないからな」

「当たり前よ！　わたくしを傷つけたら、あなたたちなんて即刻縛り首ですわ！」

そう敵意をむき出しにするペトラ。

しかし、ベッドを前にして少し動揺しているようだ。

あからさまに敵意を強めたのは、その動揺を隠すためだろう。

以前の初体験の経験が心に残っているようだ。

「縛り首か、それは怖いな」

実際、公爵ほどの権力があればそれも容易だろう。

俺たちの作戦は綱渡りだ。時間がないから危険な手段を取らざるを得ない。

「怖いからこそ、必ず作戦を成功させないといけない。ペトラにはいろいろ喋ってもらうぞ」

そう言うと、俺は彼女をベッドへ連れ込む。

そのあとを追って、セシリアも上がってきた。

「なっ、あなたもいっしょなの？　ふたりがかりでする気!?」

「よく分ったな、なかなか察しが良いじゃないか」

俺ひとりでダメだったなら、ふたりがかりでやる。

単純だが効果はあるだろう。快楽を与えまくって従順にしてやる。

「くっ……この変態どもっ！」

「お前もすぐに、自分から腰を振る変態になるさ」

俺がセシリアに目配せすると、彼女は服をはだけはじめた。

「い、いきなり脱ぐんですの!?」

「こっちのほうが気分が出ますよ。……最初は少し、恥ずかしいですけどね」

ペトラのほうを見て小さく笑うセシリア。

そんな彼女に意識を奪われている間に、俺も自分のズボンと下着を脱ぐ。

そして、呆然としているペトラの肩に手を置いた。

「ひゃっ!?」

「さあ、ペトラにも脱いでもらおうか」

「軽々しく名前を呼ばないで！　わたくしは公爵令嬢ですわっ！」

「このベッドの上では、そんな肩書は無意味だぞ」

もう片方の手で彼女の服を掴みはだけさせる。

「止めっ……あぅっ！」

ペトラは反射的に俺の腕を掴もうとするが、それを背後からセシリアが押さえた。

「だめですよ！」

「くっ、邪魔ですわ！　こんなことをして良いと思っていますの!?」

「そ、それは……」

セシリアの表情が若干曇る。

確かに傍から見れば、ふたりがかりで少女を犯そうとしているように見えるだろう。

セシリアの良心が曇っていくのが分かる。だが、彼女は迷いを振り切った。

「たしかにいけないことかもしれません。でも、これもわたしの民のためです」

「あなたの民？　どういうことですの？」

ペトラが不審そうに聞き返す。帝国の民は全て君主である皇帝のもの。貴族は土地を与えられ、その管理を任されているに過ぎない。

まあこれは建前上のことだし、強権的な貴族は領民を自分のものとして扱っているが。

でもセシリアは、先ほど穏やかにペトラを説得していたので、そのときの優しい印象との違和感を覚えたのだろう。そんなペトラの疑問に、セシリアが返答する。

「その質問に答えるには、もう少し仲を深めないとダメですね」

ゾイル伯爵領を独立させるというのは、極秘中の極秘だ。

エブリントン侯爵には賛成してもらっているものの、そう簡単に話せることではない。

今の、まだこちらに協力的でないペトラならなおさらだ。

「ふんっ……そこの男とは少し違うかと思っていたけれど、所詮は同類だったってことですわね！」

「ユーリさんはわたしの同士でもありますけれど、なにより旦那様ですから」

彼女は一瞬だけ俺のほうを見ると、そう言った。

ここまで信頼されているというのは、正直に嬉しい。

その信頼に応えるためにも、ペトラを攻略しないといけないな。

「さあ、そろそろ始めるか」

「うぐっ……」

話している間に服はだいたい脱がせた。胸元も秘部も露になっている。

ペトラは両手で秘部を隠すが、無駄な抵抗だ。

背後からセシリアが、正面からは俺が愛撫し始める。

「や、止めなさいっ！　離してっ……あっ、ひうっ!?」

俺の指が秘部に触れると、その瞬間、彼女の肩が震えた。

「ここもたっぷり解してやるぞ」

「汚い手で触らないでっ……んぅぅ！　ひゃんっ！」

ペトラの言葉は無視して愛撫を続ける。

足を閉じて妨害してこようとするが、もう片方の手でしっかり押さえているから無駄だ。

そして、後ろからはセシリアの手が胸元に回っている。

「はぁ、はぁ、きゃうっ!?　セシリア、あなたまでっ！」

「ここは、わたしが気持ち良くしてあげますね！」

「やっ、胸までっ……ひくっ、やぁっ！　んんっ！」

こちらも抵抗しようとするが、セシリアが両手を後ろで纏めて拘束しているようだ。

ペトラと比べれば、セシリアのほうが力があるからな。

「んっ、あぅっ……ひんっ！　ダメッ、そんなにしたらっ！」

そのまま愛撫していると、ペトラが慌て始める。

どうやら気持ち良くなってきたらしい。体も火照って、温かくなっている。

「ここも中から蜜が漏れてきたな」

指を動かすと、膣内から愛液が漏れてきているのが分かる。

「さ、触らないでっ！」

「強がるなよ。俺たちに触れられると気持ちよくなるだろう？」

「それはっ……ひぃ、ひゃうんっ！」

ペトラの声がどんどん嬌声へと変わっていく。

「やっぱり気持ちいいんですね」

「セシリアまで……あぅ、やぁっ……胸もダメぇっ！」

背後からの愛撫で胸も責められるペトラ。乳首が硬くなっているのが分かる。

「セシリアも上手くなったんだな」

「ユーリさんがたくさんしてくれましたからね」

自分にされたことを、ペトラにやり返しているという訳か。

そう思うとなかなか気分が良い。

「ほら、指を動かす度に、どんどん蕩けていくぞ？」

「こっちもビンビンになってますね。気持ちいいですか？」

ふたりで前後から容赦なく責め立てていく。

「ひっ、ひぃっ……やぁ、これ以上はダメですわっ！」

ペトラは何度も首を振って、止めるよう求める。

しかし、俺からすれば本番はこれからだ。

「なら、俺の言うことを聞くか？」

「そ、それはっ……」

それならやめてもいい。俺が問いかけるが、ペトラはすぐには答えない。

まだ迷っているようだ。

「……なら、一旦手を止めてやろう。その代わりに自分で俺へ奉仕するんだ」

「何ですって!?　わたくしがなぜ、あたなにそんなことを……やっ、ひきゅぅぅっ!?」

次の瞬間、ペトラの全身がビクビクと大きく震えた。

俺が指先でクリトリスを刺激したからだ。

今まではあえて避けていたが、ここが一番刺激を与えられる。

その効果は抜群だったようで、我慢しきれずに大きな嬌声を上げた。

「にゃ、にゃにをぉ……？」

「ふふっ、かなり効いているようだな」

ペトラの足腰がガクガクになっている。この状態では自分で立ち上がることも出来なさそうだ。

「このまま失神するまでイかせてやってもいいが……」

そう言うと彼女は慌てて口を開いた。

「ほ、奉仕をやればいいのでしょう？」

「ああ、そうだ。始めから素直になってくれていれば、手間はかからなかったんだがな」

「くぅっ……！」

俺の言葉を聞いて悔しそうな表情をするペトラ。

自分から奉仕するなんて言わされて、相当屈辱だったらしい。

だが、これで一歩前進だ。ここからペトラが俺の言うことを聞くように調教していく。

そうすれば暴力を使わずとも従順になるはずだ。

「さて、じゃあ俺は横にならせてもらうぞ」

ペトラから手を離し、ベッドへ仰向けに横になった。

向こうも多少体が自由になったが、逃げられはしないだろう。

さっきの刺激で、まだ足腰に十分な力が入らないだろうから。

それに、扉はゼナが見張っている。逃げようとしても無理だ。

「……それで、わたくしにどうしろというのかしら？」

ペトラが不審そうな目で俺を見下ろしている。

「まずは俺の上に乗ってもらおうか」

「へえ、その忌々しい顔を踏みつけてあげようかしら？」

「それだけ言えるなら大丈夫だな」

精神的にダウンされてしまったら、また別の方法を考えなければならないところだった。

「さあ、とっとと腰の上に跨れ」

「この恨み、いつか晴らしてやりますわ……」

そう言いながらも俺の言う通りに動く。

さすがにこの状況で逆らっても、良いことはないと分かっているようだ。

俺の腰の上、ちょうど股間の位置に跨るペトラ。

「んっ、これでいいでしょう？」

「位置的にはそうだな。どうだ？」

「どうって……硬くて不快な感触がわたくしの股間に当たっていますわ」

嫌そうな顔をしながら言う。

彼女の乱れた姿を見て勃起した肉棒が、秘部に当たっていた。

俺のほうからは、愛撫で濡れているペトラの秘部の感触が分かる。

ペトラも体の準備はできているみたいだ。

「なら、ここからはセシリアに指導してもらえ」

「は？　彼女に？」

ペトラが不思議そうな顔をする。どうやらこのまま俺に犯されると思っていたようだ。

「セックスはするが、今日はいつもと趣向を変えているからな」

普通に犯すだけじゃ、ペトラは屈しないだろう。

やはり自分から快楽を受け入れてもらう必要がある。

そのためには、一方的に犯されているだけじゃダメだ。自発的に動いてもらわないとな。

まずはセシリアを教師役にして、動き方を学んでもらおうという訳だ。

俺が命令しても余計に反発するだけだろう。

「はい、じゃあわたしが教えますね」

今度はセシリアが俺の上に跨ってくる。

ただし、股間にはペトラが跨っていた。

代わりに彼女は俺の顔の上に跨り、ペトラと向き合う。

事前に俺がそうしてくれとお願いしたからだ。

「すみませんユーリさん。失礼しますね」

「大丈夫だ。むしろ眼福だよ」

セシリアも服をはだけていて、下着も上下ともに脱いでいる。

おかげで生のお尻が俺の顔の間近に来た。

「なんなら、そのまま座ってもいいいんだぞ？」

「だ、ダメですよ！　汚いです！」

「毎日綺麗に洗ってるじゃないか。俺は気にしない」

「もう、ユーリさんったら……」

彼女はため息を吐きつつペトラのほうへ向く。肝心の彼女はどこか呆れた表情をしていた。

「これから卑猥なことをされるっていうのに、夫婦の惚気《のろけ》を見せつけられるとは思いませんでしたわ」

「べ、別にそんなつもりじゃないですよ！」

セシリアが少し恥ずかしそうに頬を染める。

「んんっ……」

だが、咳ばらいをして気を取り直すと指導を始めた。

「では、まずは挿入からですね。騎乗位は分かりますか？」

「……よく知りませんわ」

「ええと、ペトラさんくらいの年齢だと、性教育くらいされていると思ったのですが……」

困惑した様子で視線を逸らすセシリア。それを見て俺が説明してやる。

「どうせ父親に甘やかされていたんだろう。ひとり娘だし、嫁に出すこともないだろうからな」

セシリアもひとり娘だったが、状況が違う。

ペトラの場合は父である公爵が健在なので、ペトラの夫となる婿ではなく、養子をとって継がせるという選択肢も可能だ。

だから、まだ性教育がほとんどされていなくても不思議じゃない。

最低限は教えていても、性技なんかについてはサッパリだろう。

そういったことを教えてくれる学校もないからな。

「こ、こんなことにならなければ、必要なかったですわ！」

「確かにそうだが、今はセシリアから学べ」

「むぅっ……」

不満そうな顔をしているが俺は取り合わない。

「ま、まあペトラさん。ここで勉強しておいて損はないと思いますよ」

「相手がわたくしの純潔を奪った男でなければ、もう少し気分がマシだと思いますわ」

「……そうですね」

セシリアも女だからか、その言葉については否定できないようだ。

どれだけ非道だと言われようが仕方ない、すでにやってしまったことだ。

「ペトラさん、まずは腰を少し浮かせてください」

「やればいいのでしょう？　こ、こうかしら？」

少し戸惑いつつも、セシリアに言われた通り体を動かす。

やはり俺に言われるよりは抵抗感が少ないようだ。

「そうです。そのまま片手でユーリさんのものを押さえて、腰を下ろして入れていくんですよ」

「なかなか難しいですわ。んっ……もうちょっと、近くまでっ……」

初めての体勢で戸惑った様子を見せるペトラ。

しかし、徐々に体の動かし方も分かってきたようだ。俺の肉棒を押さえながら挿入し始める。

「んんっ！　あぅ、入ってくるっ！　ひゃうっ！　こんな、自分で……っ！」

「やっぱり濡れてるからか、どんどん入っていくぞ」

たっぷりと溢れ出た愛液のおかげだ。穴に入れるまでは苦労したが、挿入自体はスムーズだった。

中に入ってからもズルズルと奥まで飲み込まれていった。

「はぁ、んんっ……わたしの、奥まで来るっ……！」

「いいぞ、そのまま最後まで入れるんだ！」

「わ、分かっているわよ！　はぁ、はぁっ……んっ、なんとかっ！」

ペトラの腰が動き、肉棒を奥まで咥え込んでいく。

前に一度挿入したからか、少しは体も慣れているようだ。

「んくっ……はぁ、はぁ……ぜ、全部入りましたわ！」

なんとか腰を最後まで下ろしきったペトラは、どうだ、というように俺を見下ろしている。

「その調子ですペトラさん。次は動いてみましょうか」

そんな彼女にセシリアがそう声をかける。

「う、動くですって？　こんなものが中に入っているのに……」

「大丈夫です。最初はゆっくり、落ち着いていけば」

「くっ……他人事だからって……」

ペトラはそう言いながらも腰を動かし始める。

「ん……な、なかなかうまくいきませんわ」

ただ、なかなか腰の動きが安定しない。騎乗位が初めてだからだろう。

「セシリア、教えてやってくれ」

「分かりました」

彼女は頷くと、俺の胸に手を置く。

そして、ペトラにも見えるように腰を動かし始めた。

「はぁはぁ、んっ！　ほら、こうやって腰を動かすんです。分かりますか？」

「わ、分かるわけがないでしょう！　なんでわたくしがこんなこと……ひゃぐっ⁉」

「セシリアに生意気な口をきくなよ。自分の立場を分かっているのか？」

顔面騎乗しながら、ペトラに分かりやすいよう腰の動かし方を教えているセシリア。

しかし、この公爵令嬢はその好意を無下にしているので、思い切り膣内を突き上げてやった。

すると、すっかり性感を刺激されていた彼女は、面白いように嬌声を上げる。

「ペトラさん、今までの行いを悔い改めれば、ユーリさんも優しくしてくれるはずですよ？」

どうやらセシリア的には、ペトラに立派な貴族令嬢になってほしいようだな。

「くっ、こんな屈辱的なこと……覚えていないさい！　くっ……あぅっ、ひうぅぅぅっ！」

まだペトラの俺への敵意は消えていないみたいだ。

これはもう少し手間がかかりそうだ。

「素直になれないなら、おしおきが必要みたいだな」

「偉そうにっ……ひゃうんっ！」

ペトラがなかなか動かないのでまた腰を突き上げる。奥のほうを刺激されて彼女が大きく喘いだ。

「だ、ダメですわっ！　こんなに強くっ……ひっ、あぁぁっ!!」

「ペトラもだいぶ良くなってきたようだな」

十分な愛撫のおかげだろうけれど、膣内もほぐれてきている。

「俺に動かれたくなかったら、自分で動くしかないぞ？」

「ううっ……わかりましたわ」

悔しそうにしながらも頷くペトラ。これ以上俺に責められてはたまらないという顔だ。

「んぅっ、はぁっ……ふぅ、ふぅっ！」

少し息を荒くしながらも腰を動かしていく。

片手を俺の体に、もう片手を足に置いてバランスをとっているようだ。

「これでっ……はぁ、んっ！　いいのでしょう!?」

「ああ、なかなか良い奉仕だぞ。やればできるじゃないか」

「あなたから褒められても、嬉しくありませんわ！」

そう言いつつ、しっかり腰は動かしていくペトラ。

「ペトラさんも上手になってきましたね。わたしもっ……はぁっ、んんっ！　いっしょにユーリさんにご奉仕しますっ！」

ペトラを見ていたセシリアも興奮してきたようだ。

最初は恥ずかしがっていたのに、今は自分からお尻を押しつけてくる。

「んぐっ……あんまり押しつけられると窒息しそうだな」

普段は大きな胸のほうに目がいくけれど、お尻も意外とボリューミーだ。

ぐっと押しつけられると、顔が覆われてしまいそうになる。

俺はそんな状態の中、舌を伸ばすとセシリアの秘部を舐めた。

「ひゃんっ!?　ユ、ユーリさんっ！」

「セシリアの可愛い声も聞かせてくれよ」

「は、はいっ……はぁ、んうぅっ！　気持ちいい、ですっ！」

割れ目に沿って舐めると、甘い声が聞こえてくる。

ペトラと比べて快感を享受しているからか、少し穏やかだ。

それでも、その声音は俺の興奮を高めてくれる。

「ああ、いいぞ。だんだん熱くなってきた！」

ペトラもセシリアも、強い快感を味わって喘いでいる。

体の上でふたりの美少女が乱れているという状況に、俺も高まっていた。

肉棒は限界まで硬くなり、ペトラの中を奥まで貫く。

「ひゃうぅっ！　だめっ、このままではっ……はひっ、イクッ！　イってしまいますのっ！」

最初に限界を訴えたのはペトラだった。

腰を動かしながらも、与えられる快感にビクビクと背筋を震わせて喘いでいる。

俺の睨んでいた目も快楽に蕩けていた。

「もうイキそうか？　ならこのままイかせてやる！」

俺は両手を動かしてペトラの腰を掴む。

「ひゃっ!?　なにをっ……ひぃぃっ!!」

「そら、いくぞっ！」

しっかり体を押さえると思い切り腰を突き上げる。

「ひゃぅぅっ！　ひぎっ！　ダメですわっ！　こんなぁっ！」

ペトラは身をよじって逃げようとする。

しかし、俺の手からは逃げられない。それに、膣内は強い刺激を受けてビクビクと震え始めた。

いよいよ我慢できなくてイってしまうようだ。

「このままイクぞっ！」

そう言葉と共に息を吐き出すと、合わせてセシリアも腰を押しつけてくる。

「ユーリさん、わたしもっ！」

「ああ、セシリアもいっしょにイかせてやるよ」

ふたりとも俺の上で淫らに踊らせてやる。

こっちも興奮で体が熱くなって、一気に盛り上がっていった。

そして、ついにペトラが絶頂する。

「あひぃぃっ！　イクッ！　イクぅっ！　やっ、あああぁぁぁぁぁあぁぁっ!!」

ビクンビクンと体を震わせ、膣内の肉棒が締めつけられる。

その刺激に俺も我慢できず精を吐き出した。

「ぐっ……！」

「わ、わたしもイキますっ！　ユーリさんっ……ひゃうぅぅっ!!」

それに合わせてセシリアも絶頂し、噴出した愛液が俺の顔にかかった。

三人の絶頂が交じり合って、まるで溶けてしまうような気持ちよさだ。

「はひっ、はぁっ、はぁぁっ……！」

特にペトラはかなり深くまで絶頂したようで、まだ肩で息をしている。

そんな彼女の様子を見ながら、俺は体を起こした。

「うっ……」

「まだ倒れるなよペトラ」

力を失って、ベッドへ倒れそうになってしまう彼女を支える。

「……まだ、わたくしに何かさせる気ですの？」

さすがの彼女にも、少し疲れの色が見える。

「それはペトラ次第だな。素直に協力してくれれば、今日のところはこれで終わりにしよう」

「ッ！　むうっ……」

また少し視線を鋭くして俺へ向ける。まだ俺を睨む気力があったことに少しだけ驚いた。

だから、完璧に心を折っておこうと追撃する。

「まだ抵抗するなら、今度はゼナにも加わってもらおうか。その様子じゃ、逃げる心配はしなくて済みそうだからな」

「なっ⁉　さ、三人がかりなんて卑怯ですわっ！」

「卑怯だろうがなんだろうが、最終的にお前を屈服させられれば勝ちさ」

俺はそう言うと口を閉じてペトラの目を見る。

これ以上話に付き合う気はないという意思表示だった。

彼女は悔しそうに歯をかみしめながらも数秒悩み、やがて頷く。

「……分かりましたわ。言うとおりにします」

「ほう、ようやくか」

俺は内心でホッと安心していた。

「だって、これ以上されたら本当に壊れてしまいますわっ！」

少し涙目になりながらそう訴えるペトラ。

どうやら彼女にとっては、肉体的にも精神的にも限界だったようだ。

「お父様の情報を渡せばいいのでしょう？」

「ああ、その通りだ。そうすればご禁制の品のことは黙っているし、今回みたいな無理な調教はしない」

「ふぅ……」

俺がそう言うと、彼女は安心したようにため息を吐く。

「ただ、報告のために毎週この屋敷へ来てもらうがな」

「……仕方ないですわね。わたくしもまだ死にたくはありませんわ」

ご禁制の品を身に着けていたことがバレたら、帝国法では使用者本人は極刑を免れない。

こうやって自分の身を優先するのは、人間として普通のことだ。

「ならしっかり頼むぞ」

念のためにもう一度言うと、彼女は素直に頷く。

こうして、俺たちはペトラの攻略に成功したのだった。


それから一ヶ月も経つと、以前との違いがはっきり現れ始めた。

ペトラからゲドルフ公爵の正確な情報が入ってくる。

おかげで、ピンポイントで奴の計画を妨害することが出来た。

「ユーリさん、ゲドルフ公爵の様子はどうでしょうか？」

屋敷の自室でくつろいでいるとゼナが問いかけてくる。

今はセシリアも合わせた三人で、食後のお茶にしているところだ。

「ああ、なかなか上手くいっているぞ。想定以上だ」

「では、公爵は身内を疑っているんですね」

「情報を漏洩したと疑った相手を粛清しているらしい」

最初の何回かはゲドルフ公爵もスパイの存在を疑ったようだ。

外部から誰か入り込んでいないか徹底的に調べたらしい。

しかし、それでも妨害は続く。当然だ、俺たちはペトラから直接情報を得ているんだから。

「やはり公爵は娘を疑っていないようだ。それどころか、毎日屋敷に帰ってはペトラに愚痴をこぼしている」

「こちらとしては好都合ですわ」

「その通りだ。こうも上手くいくとはな」

ペトラは公爵の愚痴から新しい情報を掴んでは俺たちに流している。

それを使い、また新しい妨害を行っているわけだ。公爵にとっては負の循環になっているな。

「中でも、先日の会合を潰したのはかなり効いているようだ」

先週、ゲドルフ公爵が自派閥の貴族たちを集めて会合を開くのを知った。

俺は公爵の権威に傷をつける絶好の機会だと判断し、妨害を行うことに。

ペトラから詳しい情報を入手していたおかげで、その妨害は見事に成功したのだった。

最終的に公爵は会合を中止しなければならない事態に追い込まれる。

彼自身が主催した会合を妨害によって中止したのだから、派閥の貴族たちからの評価は落ちただろう。すなわち、本拠地で政敵の好き勝手にされているということなのだから。事実、エブリントン侯爵からも、派閥を移りたいという貴族が出たという手紙が送られてきている。

侯爵は、俺たちが帝都でゲドルフ公爵の妨害に成功していることに喜んでいるようだ。

今後のことを考えると、彼からの評価が高くなるのはありがたい。

ゲドルフ公爵が失脚した後、貴族界の主導権を握るのはエブリントン侯爵だろう。

俺は侯爵令嬢であるゼナを妻にもらっているし、より強固な関係を築ける。

「ユーリ様？」

「……おっと。悪い、考え事をしていた」

今はゲドルフ公爵を失脚させることに集中しなければな。

「それで……わたしたちの行動はこれからも変わらないのですか？」

話を聞いていたセシリアが質問してきた。

「当面はこのままだ。公爵陣営が自壊するのを待つ」

「わかりました」

そんな話をしていると、部屋の扉が開いてもうひとり入ってきた。ペトラだ。

「報告に来ましたわよ」

彼女には定期的に俺の屋敷に来て、公爵の情報を報告するように言ってある。

今日もその日だった。

「よく来たな。じゃあ、報告はベッドで聞くとしようか」

「なっ……またですの!?」

ペトラが嫌そうな顔をする。

「しっかり信用できるか、確認しておかないとな」

今は言うことを聞いているペトラだが、いつまでも素直だとは限らない。

なので、報告に来るたびに奉仕をさせて信用できるか確認していた。

「嫌なのか？」

「うっ……分かりましたわ」

ペトラも、俺に逆らって良いことはないと理解しているだろう。

四人で寝室へ移ると、俺はペトラたちだけをベッドのほうへ行かせる。

「……それで、わたくしたちに何をさせるつもりですの？」

「そこで服を脱いで俺を誘惑してみろ」

「なっ!?」

大きく目を見開いて驚くペトラ。セシリアとゼナも同じように驚いている様子だった。

「わたしたちもですか？　少し、恥ずかしいですね」

「ユーリ様を……ゆ、誘惑なんて。出来るでしょうか……」

そう言いつつもふたりは服を脱いでいく。

「ぐぬぅ……」

それを見てペトラも、このまま抵抗しても無意味だと理解したようだ。

あまり気乗りしない様子だが、慣れた手つきで服を脱いでいく。この一ヶ月間でもう十回近くは抱いているから、俺の前で脱ぐのにもそれほど抵抗はないようだ。

「こ、これでいいのでしょう？」

「ああ。想像よりずっと素晴らしい光景だ」

三人が揃って全裸になる。全員恥ずかし気な表情で、腕で大事なところを隠していた。

けれど、俺はその手を退けて誘ってみるよう促す。

まず初めに動いたのはセシリアだった。ベッドの前の床にしゃがむと足をM字に開く。

「んっ……どうか、ユーリさんのお情けをくださいっ！」

少し恥ずかし気に、それでも積極的に色目を使ってくるセシリア。

彼女に合わせて他のふたりもポーズをとる。

「わ、私も……ユーリ様の好きな胸も、たくさん弄ってください」

特徴的な爆乳を自分で強調するように持ち上げるゼナ。

自分の言葉に興奮しているのか、少し顔が赤くなっていた。

「ちょっと、ふたりばかりじゃなくこちらも見なさい！　わたくしのこんな姿を見られるなんて光栄なのよ？」

ペトラらしく少し威張った雰囲気だ。

けれど、ちゃんと色っぽい。堂々と胸を張っているから大きな胸がよく見える。

「ふふっ……」

この光景に俺も思わず笑みを浮かべてしまった。まさにハーレム気分だ。

「ユーリさん、たくさん可愛がってくださいね？」

セシリアに言われた俺は、まず彼女から相手にすることにした。

「三人相手だからって、いつもより楽になると思うなよ」

「はい、私たちもたくさんご奉仕しますわね！」

「わたくしはそこのふたりとは違いますわよ？」

「関係ないさ。いっしょに鳴かせてやるさ」

俺はまずセシリアの腰に手を回して抱き上げ、そのままベッドへ押し倒した。

「きゃっ！」

「最初に誘ってくれたセシリアから相手しよう」

「は、はいっ！」

彼女が嬉しそうに微笑む。顔を寄せると向こうからキスしてきた。

「んっ、ちゅっ……」

「ん……セシリアはキスも上手くなったな」

「はい……気持ちいいです」

うっとりした表情で俺を見上げる。もう興奮のスイッチが入っているようだ。

「ここも、ここも……たっぷり弄るぞ」

「あぅっ……ひゃ、んんっ……あんっ！」

両手で胸も秘部も刺激していった。裸を見られて興奮し始めているからか、体の感度も良い。

俺が触れる度に反応してくれる。

「ユーリ様、私たちもご奉仕いたします」

「寝室に連れ込んでいて何もされないなんて、それはそれでプライドが傷つけられるわ」

左右からゼナとペトラが近づいてくる。

「もちろん、ふたりのことだって忘れてない」

セシリアの準備が整ってきたので、今度はゼナとペトラの番だ。

俺はふたりの腰に手を回して抱き寄せ、そのまま順番にキスする。

「んっ……はぁっ……もっとしたいですユーリ様ぁ」

ゼナはもうメロメロで、自分からさらにキスを求めてきた。

「わたくしのほうは、ほどほどで結構ですわ」

ペトラはまだ積極的ではないようだ。

「そう遠慮するな。せっかくだからいっしょに気持ちよくなりたいだろう？」

「でもっ……ひゃっ！　んんっ……はぁ、んぶっ！」

無理やり唇を奪ってディープキスする。

最初は驚いていたペトラも次第に俺のキスを受け入れていった。

「はふ、はぁっ……脅されていなかったら舌を噛み切っていましたわ」

「そうかな？　そろそろペトラの体も興奮し始めてきたころだろうに」

「そんな訳……ひゃうんっ!?」

片手を動かして股の間に手を入れる。

中指を秘部に押し当てると、ヌルリと膣内へ入っていった。

「ほら、もうこんなに濡れてるじゃないか」

「そ、それはっ……」

反論しようとしつつも言葉が続かない。

俺はそんなペトラの表情を楽しみつつ、セシリアたちもいっしょに犯していく。

「さあ、まずは約束通りセシリアからだな」

彼女たちと触れ合って硬くなった肉棒を取り出す。

そのままセシリアの濡れた秘部へ押し当てた。

「あぅ……はぁ、熱いですっ……ユーリさん、そのままっ！」

「入れるぞ」

そう言って俺は腰を前に進めた。

「ひゃぃぃっ！　はぁっ！　中に入ってきますぅっ！」

「くっ、さすがにまだ少しキツいな」

どうやらまだ愛撫が十分ではないようだけれど、俺のものに慣れているからピストンは出来る。

「あひっ、ひぃ！　気持ちいい、ですっ！」

「ああ、俺も気持ちいいぞ。セシリアの中、どんどんトロトロになっていく」

入れたときはまだキツくても、挿入と同時に化学反応が起きたように愛液が湧き出てくる。

それを使って腰を動かすと、より中がほぐれていった。

「ゼナとペトラも、いっしょに横になれ」

「は、はい」

「分かりましたわ」

それぞれセシリアの右側と左側へ仰向けで横になる。

「準備はいいか？　じゃあ今度はゼナの番だ」

「あっ……ひぐっ！　中へ一気に……あぁんっ！」

だいぶ濡れているから一気に挿入してしまったが、どうやら大丈夫のようだ。

蕩けた膣肉が肉棒を包み込んでくる。

腰を動かすと、その衝撃に合わせて爆乳が揺れるのを見られて興奮した。

俺がもっと腰を動かして肉棒をピストンすると、それに合わせてゼナも嬌声を上げる。

「も、もっと……ユーリ様、もっとくださいっ！」

普段清楚な彼女がメロメロになって肉棒を求めてきている。

「良い調子で高まってるな。じゃあこのままペトラも……」

「くっ、好きにすればいいですわ」

「そう硬くなるな。リラックスしたほうが気持ちいいぞ」

「わたくしは自分から快楽を求めたりしませんわ！」

「そう言いつつ、いつも最後は自然と腰が動いているぞ」

「んなっ!?　きゅううぅっ!?」

驚いた隙をついて膣内へ挿入してしまう。

ペトラは反射的に足を閉じようとしたけれど、そうはさせない。

両手でしっかり押さえつつピストンする。

「さあ、動くぞ！」

「やっ、そんないきなりっ……ダメッ！　ダメですわっ！」

ペトラの言葉は聞かずに思い切り動いていく。

「ひゃあぁぁっ！　ダメって言ってますのにっ！　な、中が滅茶苦茶にされてしまいますわっ！」

「まだこれくらいなら大丈夫だ。それより、どんどん気持ちよくなっていくぞ？」

「わ、わたくしはっ……あぁっ!?　お、お腹の奥から熱くっ……ひうっ！　あんっ！」

肉棒で奥を突くと、その度に嬌声があふれ出す。

俺はペトラの声を聞きながら、より激しくピストンしていった。

「さあ、このまま全員蕩けさせてやるっ！」

セシリアもゼナもペトラも、全員俺の下で喘ぎ声を上げる。

「うぅぅっ！　はぁ、はぁっ！　ユーリさんといっしょになるの、気持ちいいですっ！」

「私の体、気持ち良すぎて押しつぶされてしまいそうですっ！　ひぃっ、あああぁぁぁっ!!」

「こ、こんなのでダメになってしまうだなんて、そんなはずがっ……ひぅんっ！　やっ、ひゅううぅぅっ!!」

それぞれ甲高い嬌声を上げながら乱れていく。

妻ふたりはもちろん、ペトラだって声を我慢出来ていない。

肉棒が動くたびに心も体も蕩けていった。だが、同時に俺も限界が近づいてくる。

「はっ、ふぅっ……このまま全員に中出ししてやるぞ。受け取れっ！」

「はぃっ！　ユーリさんの子種、わたしのお腹にくださいっ！」

「私にもお情けをっ！　全て受け止めさせてくださいっ！」

「うぐっ……！　あんっ、また中にっ……ひゃああああぁぁっ！」

俺はそのまま欲望の丈を彼女たちの中にぶちまけた。

ドクドクと肉棒が震えて射精し、白濁液で膣内を満たしていく。

「ひゃぁっ！　はうっ……んぁぁっ！」

「すごい、ですっ……お腹の中いっぱい……」

「あひっ、はふぁっ……うう、またこんなに……」

三者三様の反応をしつつも、しっかりと感じていたようだ。

白い肌に汗を浮かべ、手足をびくつかせている。

「はぁ、ふっ……これからも頼むぞみんな」

俺はベッドに腰を下ろしながらつぶやく。

こんな日常を続けながら、俺はペトラから得た情報でゲドルフ公爵を追い詰めていくのだった。

ペトラを攻略し、ゲドルフ公爵への妨害を始めてから二ヶ月ほどが経った。

計画は順調そのものだ。というのも、ゲドルフ公爵の陣営が崩壊を始めたからだ。

「ふふ、公爵め。とうとうストレスに耐え切れなくなったな」

俺の下には、公爵が自派閥へ粛清を行っているという情報が入ってきていた。

情報漏れがスパイではないとなると身内の裏切りしかない。

しかし、いくら公爵が探そうとも裏切っている見方は出てこなかった。

当然だ。裏切っているのは娘のペトラで、公爵にとっては想定外の場所だから。

相変わらず情報漏れと妨害の続くストレスに、とうとう耐え切れなくなったようだ。

手当たり次第に怪しいと思った味方を粛清しているらしい。

ある日突然姿を消したり、事故に遭ったり、急な病で倒れたり。

明確に誰の仕業という証拠はないが、みんなゲドルフ公爵が主犯だろうと推察していた。

かつてゲドルフ公爵は、帝位継承に伴う内戦の際に同様の手口でライバルを排除しているからだ。

それによって今や、ゲドルフ公爵のカリスマ性は崩壊しているようだった。

それも当たり前だ。

誰だって、次の瞬間には自分を粛清するかもしれない人間の下で働きたくはないからな。

「ゼナ、エブリントン侯爵からの連絡は？」

この部屋には、例のごとくペトラを含めた四人が集まっていた。

「はい、こちらに」

ゼナが持っていた手紙を俺に渡す。俺はそれを開くと丁寧に読んでいった。

「……うん。よし」

「なんて書いてあったんですか？」

セシリアが問いかけてくる。

「向こうもゲドルフ公爵の失脚が近いとみて行動を開始するようだ」

「でも、近衛兵団は……」

「それについては問題ない。対処しているぞ」

ゲドルフ公爵が粛清を始めたあたりで、内部への統制も緩くなった。

そのタイミングを見て近衛兵団の幹部に接触している。

内容はもちろん、公爵を見限ってエブリントン侯爵側に寝返る要請だ。

向こうもゲドルフ公爵の粛清を恐れているようで、感触は悪くなかった。

ただ、まだあくまで一部の幹部のみでトップの団長はゲドルフ公爵と繋がっているだろう。

それでも、近衛兵団を中立の立場へもっていくことは出来る。

例えば、エブリントン侯爵が帝都へ来たときに妨害しない、とかな。

「それより、ペトラ」

「なにかしら？」

「これが最後の報告になるだろう。例の物は手に入ったか？」

「ええ。でも、よくこんなものがお父様のところにあると分かりましたわね」

そう言うと彼女は懐から数個の小瓶を取り出す。

中にはそれぞれ違う種類の液体や粉が入っていた。

「書斎の隠し金庫にあったものですわ。けれど、こんなもの何に使いますの？」

そう言いながら不思議そうに小瓶を見下ろすペトラ。

どうやらこいつの重要性を理解していないようだ。

「それについては知らなくても問題はない」

「じゃあ、これでわたくしは解放されるんですわね？」

「しばらく監視させてもらうが、自由にしてもいいだろう」

そう言うとペトラが笑みを浮かべる。

「ふふっ、ようやく自由の身ですわ！」

「ただ、ゲドルフ公爵に俺たちのことをバラしたらご禁制の品のこともバラす。いいな？」

「そのくらい分かっていますわ」

やはりペトラは自分の身の安全のことしか考えていないようだ。

そのままソファーから立ち上がると部屋を出ていく。

「ユーリさん、帰してしまって良かったんですか？」

「ああ、問題ない。どうせすぐまた会うことになるだろうからな」

そう言いつつ、俺は小瓶を手元へ引き寄せる。

「これは知り合いの錬金術師に鑑定してもらうことにしよう」

錬金術師といっても魔法などを使う訳ではない。

様々な薬物や鉱物を組み合わせて薬や素材を作る技術者のことだ。

「その小瓶の中身はなんなのでしょう？」

「これか？　おそらく毒物だ。公爵が粛清を始めたと聞いて、おそらく用意してあるだろうと思ってな」

「毒物、ですか……」

セシリアが嫌そうな顔をする。

「この成分が分析できれば、公爵の過去の悪行を暴くことが出来る。内戦のときにも同じものを使っただろうからな」

帝都の大聖堂には今も、内戦時に死んだ貴族の記録が残されている。

いかに帝都のほとんどを手中に収めたゲドルフ公爵と言えど、教会内部までは踏み込めなかったんだろう。その資料とこの小瓶のデータを突き合わせれば何人か適合する奴が出てくるはず。

相手にもよるが、貴族を毒殺したとなれば公爵といえど罪は免れない。

今のカリスマを失っているゲドルフ公爵に止めを刺すには十分な材料だった。

「では、いよいよなんですね」

ゼナのつぶやきに俺も頷く。

「その通りだ。決着は一週間後に行われる定例議会でつけられるだろう」

一年に一回、地方からも多くの貴族が集まって行われる会議だ。

ここで主導権を握った者が、今後の帝国の命運を握ると言って良い。

「それまでにしっかり準備しておこう。ふたりにも協力してもらうぞ」

「はい！」

「お役に立てるよう頑張ります」

俺たちはそれから定例議会への準備を進めることに。同じく参加するエブリントン侯爵と連絡をとりつつ準備していると、あっという間に時間が過ぎてしまった。

そして、肝心の毒物の調査結果も送られてくる。

報告書の内容に俺は満足し、いよいよ会議当日を迎えた。

会議が行われる帝都城の大会議室には、数百人の貴族が集まっている。

一番奥の立派な席には皇帝レオール三世が腰掛けていた。

妻や娘などを伴っている者も多く、社交場を兼ねていた。

もちろんゲドルフ公爵とペトラの姿もある。

北方の大物貴族であるエブリントン侯爵が来ているからか、会場はいつもよりピリピリしていた。

挨拶もそこそこに会議が始まる。

「では、例年どおり宰相の信任投票を……」

「少し待っていただきたい」

会議は議長の進行で順調に進んでいたが、最後の宰相の信任投票になったところで会議が止まる。

止めたのはエブリントン侯爵だ。

「なんだね侯爵？」

「今回は信任投票をする意味はない。ゲドルフ公爵、貴公は宰相職に相応しくないからだ」

「お主、いきなり何を言う！」

立ちあがったエブリントン侯爵とゲドルフ公爵がにらみ合う。

周りの貴族たちは固唾をのんで見守っていた。

「ゾイル伯爵、例の資料の説明をしてもらえるかな？」

「承りました」

近くに座っていた俺が立ち上がって資料を取り出す。

「何だ、貴様は？」

「ユーリ・ヴェスダット・ゾイル伯爵です。直接お話しするのは始めてでしたね公爵閣下。短い間ですが、よろしくお願いいたします」

「……それで、貴様は何を示そうというのだ？」

連日のストレスと粛清のためか疲労の色が見える公爵は、皇帝のパーティーで見たときとはかなり違っている。周りを威圧するような覇気が擦り切れているようだ。

「私が示すのは先の内戦時、何者かに暗殺されたディア公爵閣下のことです」

「暗殺だと？　あの公爵は病死ということで決着がついたはずだ」

「ええ、表向きは。しかし、教会の大聖堂に保管されていた資料には、胃に異常があったと記されていました」

「それがどうした？　不摂生な生活で内臓を悪くしていたかもしれないだろう」

「おっしゃる通り、当時の担当者はそう考えて放置していたようです。しかし……」

そこで、俺は懐からあのときの小瓶の一つを取り出す。

「ッ!?」

それを見た途端、ゲドルフ公爵の顔色が変わった。

「こちらはゲドルフ公爵の屋敷から密に回収した毒物です。錬金術師に調査を依頼したところ、これを摂取した人間は数時間以内に死に至ることが分かっています」

「それは本当かね？」

エブリントン侯爵が確認してくる。

「ええ、帝都城へ薬品を納品したこともある確かな腕の錬金術師ですから間違いありません」

「ま、待て！　それが儂のものだという証拠はないはずだ！」

「そうでしょうか？」

俺は笑ってペトラのほうを見る。

彼女は急に自分の父親が窮地に立たされている状況になり、少し動揺しているようだ。

自分で情報を渡していたくせに、事態を楽観していたな。

さて、ここで公爵にネタばらしをしてやろう。

「この小瓶は確かに公爵の屋敷、その執務室から持ち出してきたものです。なあ、そうだろうペトラ？」

「なっ……それはっ……」

いきなり声をかけられてさらに動揺してしまったらしい。

「お前のおかげで公爵を失脚させることが出来る。感謝しているよ」

「わ、わたくしはそんなつもりではっ！」

咄嗟に否定しようとするが、それは悪手だ。

彼女の反応を見て、周りの貴族たちも小瓶の毒が本物だと悟る。

「ペトラだとッ!?　娘を利用していたのかっ!!」

だが、誰よりも激しく興奮しているのは公爵だった。

溺愛している娘が敵に利用され、自分は失脚しようとしている。

まさに彼にとっては絶望だろう。

「派閥の仲間には厳しくできても、家族を疑えなかったのが貴方の敗因ですよ公爵」

「くっ、おのれっ！」

顔を真っ赤にしたゲドルフ公爵が椅子から立ち上がる。しかし……。

「見苦しい真似はよさぬか公爵。余の前であるぞ」

そこで、今まで一言も発しなかった皇帝が口を開いた。

「ぬっ!?　陛下、しかしっ！」

「二度は言わぬぞ公爵」

「うぐっ……ぐぬぅっ………」

まさか今まで傀儡にしていた皇帝にまで裏切られるとは思っていなかったのだろう。

だが、彼の一言で公爵が完全に沈黙してしまった。

いくら裏で操っているとはいえども、表向きは皇帝とその家臣であることは変わらない。

このような公の場で反発すれば、反逆罪で極刑に処されてしまう。

皇帝も自分を操っていた公爵が失脚するのを見て即座に行動したのだろう。

彼からすれば、ようやく本当の皇帝になれるチャンスなのだから。

「決まったようですな公爵。こちらの勝ちです」

エブリントン侯爵がそう言うと、どこからともなく近衛兵が出てきた。

そして、ゲドルフ公爵を取り押さえる。

「は、離せ貴様ら！　うぐっ！」

暴れる公爵はそのまま捕縛され、部屋の外へ連れていかれてしまった。

おそらく帝都城の地下にある牢獄へ収監されるのだろう。

「この後、ゲドルフ公爵はどうなるのでしょう？」

「処刑こそ免れるかもしれないが、代わりに一生を檻の中で過ごすことになるだろう。もちろん、ゲドルフ公爵家はお取り潰しになるな」

「そうですか。処刑にならないのは気がかりですが……家が潰されるなら少し安心できます」

相手が生きている以上は、復讐される可能性がゼロではないのだ。

心の底から安心できるということはないだろう。

そんなとき、俺は先ほどから呆然としたまま立ち尽くしているペトラのことが目に入った。

「令嬢についてはどうなさるおつもりで？」

「私とて復讐は怖い。安全を期すなら監獄送りだが……」

そのとき、いっしょについて来ていたセシリアが初めて口を挟んできた。

「あの、でしたらゾイル家で引き取れないでしょうか？」

「セシリア、何を言っているんだ？」

俺は少し驚いて彼女のほうを見る。しかし、どうやら本気のようだ。

「だが、皇帝陛下の前であんな無礼なことをした娘だぞ。面倒を見たいとは思わないな」

「確かに、普通に考えればユーリさんの言うことは正しいです。ですが、どうか彼女にチャンスを与えていただけませんか？」

「ふむ……」

ゼナのほうを見ると、彼女もセシリアと同じ気持ちのようだ。

常にではなかったが、二ヶ月間もいっしょに過ごしてベッドも共にした。

仲間意識が芽生えていたのかもしれない。

ここで正論を振りかざして却下することは簡単だが、そうなると俺が器の狭い男だと思われるかもしれない。エブリントン侯爵の傍でゼナの願いを無下にするのも悪いしな。

「分かった。そういうことなら引き取ろう。侯爵様、それでよろしいでしょうか？」

「ああ、君が責任を持ってくれるなら安心して任せられる」

「……それで、今後のことなのですが」

「分かっているさ。おおよそ想定通り……君たちも望む形で進められると思うが、まずは皇帝陛下にご相談せねばな」

ゲドルフ公爵が失脚した以上、次の宰相はこの人だろう。

いや、それは傀儡となった経験のある皇帝が嫌うか。

侯爵の派閥の誰かが選ばれるだろうが、俺たちは領地を独立できればそれでいい。

「では、皇帝陛下とのことは侯爵にお任せします。……セシリア、ゼナ、行こうか」

「はい！」

「お供いたします」

侯爵に一礼して俺が歩き始めると、ふたりもついてくる。

向かった先はもちろんペトラのところだった。


その日の夜、俺は屋敷の寝室で三人を迎えていた。

「よく来たな三人とも」

「はい、しっかり準備してきましたよ！」

「……私も、めいっぱいご奉仕させていただきます」

いつもより少しやる気になっているセシリアとゼナ。

そして、そんなふたりの背後からもうひとり出てきた。

「本当に最悪ですわ。またここに戻ってくることになるなんて……」

つかの間の自由から、また俺の支配下に戻ってしまったペトラだ。

しかも、今回は以前のような契約はない。形式上は妾だが、実態は完全に俺のものだった。

「しかし、ペトラも俺の妾になることは了承しただろう」

「それは、あのまま監獄送りになるよりはまだマシだからですわ！」

「まあ、合理的に考えれば俺の誘いを断る理由はないな」

他の女性なら躊躇するかもしれないが、ペトラは何度も俺に抱かれている。

そういう意味で心理的なハードルは低かっただろう。

「ううっ……」

ただ、やはり実質的に性奴隷のような扱いになるのは不満があるようだ。

そんな彼女にセシリアが声をかける。

「ペトラさん。いっしょにご奉仕してユーリさんの信用を得られれば、扱いも良くなるはずです。頑張りましょう」

「ふん、正妻は気楽ね……でも、それしか道がないのも事実だわ」

不満そうにしつつも、セシリアの言葉に利があるのは認めるようだ。

俺が何か言うより素直なのは、やはりベッドを共にした女性同士だからだろうか。

まあ、そもそもペトラを引き取りたいと言い出したのはセシリアたちだしな。

彼女たちのフォローがあると、俺としてもやりやすい。

「じゃあまずは俺に忠誠を示してもらおうか。良い機会だから、セシリアたちもいっしょにな」

俺の求めに彼女たちはすぐに応える。

「では、まずわたしから……」

正妻ということで、まずはセシリアが近づいてくる。

彼女は俺の前で四つん這いになると、お尻をこちらに向けた。

それに続いてゼナとペトラも四つん這いになる。

「ユーリ様、いかがですか？」

「ああ、すごく良い眺めだ」

三人とも寝室へ来る前に風呂に入ってきたはずだから、すでに体が火照っている。

ただ、どうもそれだけじゃないようだ。

「三人とも、下着越しに濡れてるのが分かるぞ？」

まだ俺が触れてもいないのに、彼女たちの体は高まっていた。

「そ、それはセシリアたちが……」

どうやら事前にセシリアは、ペトラの緊張をほぐそうと悪戯したらしい。

それがいつの間にかヒートアップして、愛撫合戦になってしまったようだ。

話を聞いて、俺は内心で少しだけ嫉妬してしまった。

「俺のいないところで仲良くやっているなんて、なかなかやるじゃないか」

「そんな、ユーリさんを仲間外れにするつもりは……ひゃうっ！」

目の前にあるセシリアの下着をずらし、膣内へ指を挿入する。

やはり事前の愛撫が効いているようで、すんなり飲み込まれてしまった。

「この分ならゼナとペトラも期待できるな」

ズボンを脱ぐと肉棒を取り出し、そのまままずはセシリアへ挿入していく。

「ひゃぅんっ！　入ってきましたっ……はっ、あぅっ！」

「凄い蕩け具合だな、これは……くっ！」

挿入した途端に膣内が絡みついてきた。その感触は今まで一番かもしれない。

俺は腰を動かしながら左右のゼナとペトラにも手を伸ばす。

「さあ、ふたりもどうなっているか見せてもらうぞ」

左手でゼナ、右手でペトラのお尻を撫でる。

「ひゃっ！　ん……優しくお願いします」

「本当にいやらしい手つきね！　んぐっ、あぁっ！」

愛撫を始めるとすぐ効果が出てきた。彼女たちの口から嬌声が聞こえ始める。

「いいぞ、このままもっと声をきかせてくれ！」

自分の手で三人を同時に喘がせているということに興奮する。

「やぅっ！　はぁっ！　また、中で硬くなっていますっ！」

肉棒も硬くなり、セシリアを奥まで犯していった。

「そんなに奥まで突かれたら、大事なところがっ……はひっ、そこダメですっ！」

肉棒の先端が子宮口を突き上げるけれど、乱暴な動きではなく、撫でるように腰を使っていった。

「傷つける訳がないだろう？　その代わり、今まで以上に喘がせてやる！」

「ユ、ユーリさんっ!?　あぅ……また、来るっ！」

腰を大きく使ってセシリアの中を蹂躙していった。

締めつけてくる感触を楽しみつつ、俺の存在を刻みつけていくように擦りつける。

「はひぃぃっ！　あぁ……あ、頭が真っ白になってしまいますっ！」

「いいぞ、そのまま気持ちよくなっていけ」

俺は笑みを浮かべながら腰を動かし続けた。

その傍ら、ゼナたちへの愛撫も激しくする。

「ふたりともセシリアが犯されるのを見て興奮しているんじゃないか？」

さっきより愛液の量が増えていた。勘違いではないだろう。

「こ、これは……うぅ、恥ずかしいです」

ゼナは顔を赤くしながら顔を反らす。

「逃げないでこっちを見てくれよゼナ」

「んっ、あひゅっ！　……はいっ」

指を奥まで突き込んで動かすと、すぐ可愛らしい嬌声が聞こえてくる。

それに合わせてゼナが俺のほうを見た。その目は完全に発情している。

「綺麗でエロいぞゼナ。俺も興奮してきた」

「……私も嬉しいです。どうか、もっとしてください」

彼女の望み通り俺は手を動かしていった。

そして、もう一方のペトラのほうも。

「んぎゅぅぅっ！　な、なんでわたくしまで激しくするんですの!?」

「それはもちろん、仲間外れにしないためだ」

「わたくしたちが浴室で先にしていたこと、根に持っているんじゃ……ひうっ！」

うるさい口を黙らせるために膣内で指を動かした。

すると、発情した体はすぐ反応してくる。

「あんっ！　やっ、またっ……はぅぅ！」

「指なのにこれだけ締めつけてくるなんて、ペトラの体も相当エロくなってきたな」

「誰のせいだと……あひんっ！　やあああぁっ！」

クイッと指を曲げ、引っ掻くような動作で刺激するとより甲高い嬌声が聞こえた。

だんだん楽しくなってきて、夢中になってしまう。

ようやくすべての計画が終わって肩の荷が下りた。

おかげでいつも以上に彼女たちを抱くのが楽しい。

それに、今まで意識していなかったことも出来るようになる。

「三人とも、このまま孕ませてやる！」

その言葉に、特にセシリアの膣内がビクッと反応した。

「わたし……ユーリさんの赤ちゃん、欲しいです」

「これからは遠慮せず孕ませてやるからな。独立すれば女王だ。戴冠するときにはお腹が大きくなっているかもしれないぞ」

「そんな女王、前代未聞です。あっ……ひぅ、んんっ！　あぁあぁぁぁっ！」

体重をかけながらセシリアの奥の奥まで犯していく。

だが、俺を求めているのは彼女だけじゃない。

「ユーリ様、私も……私も子種をいただきたいです。いっしょに孕ませてくださいっ！」

「ううぅぅっ……も、もう指だけじゃ我慢できないのよっ！　もっと奥まで犯してっ！」

俺は一度肉棒を引き抜くと、ゼナとペトラにも挿入していく。

「はぁ、はぁっ……！　全員孕ませてやるっ！」

俺は興奮しながら全力で体を動かしていった。そして……。

「くぅ、ふっ……さあ、どうだ？　もっと喘いでみろ！」

「やぁっ！　ダメですっ！　はぁっ、ひぃぃぃっ！」

ズンズンと腰を打ちつけるたびに喘ぎ声が聞こえてくる。

最早一瞬では、誰の声か分からないほど声が入り混じっていた。

それほど休みなく喘ぎ、興奮しているのだ。

これほどまでに彼女たちを鳴かせていることに興奮を覚えるが、同時に限界も近くなっていた。

「そろそろだ。全員に中出ししてやるからなっ！」

その言葉で彼女たちの興奮も限界まで高まった。

膣内がギュッと締めつけ、肉棒から精液を搾り取ろうとする。

「ま、待ちなさい！　ダメなのに、ひぐっ、イっちゃうっ！　あぁっ、ひゃあああぁぁっ!!」

「ひゃううっ！　はぁ、はぁっ！　ダメッ、ユーリさんっ！　もう、わたしっ……！」

「つくうぅぅぅ！　ユーリ様、このままお情けをください！　中にたくさんっ！」

三人がそろって嬌声を上げるのに合わせて、俺も欲望のぶつけた。

「イクぞっ！　ぐぅっ！」

彼女たちの中で吹き上がった精液が、それぞれを真っ白に染めていく。

いままでで一番激しい射精で、三人の膣内を満たして余りあるほどだった。

数十秒後、ようやく律動が治まる。

俺がベッドへ腰を下ろすと、それに合わせて彼女たちも倒れた。

「はひぃ、はぁぁっ……もう、お腹の中がいっぱいです」

「……わたしも、もう立てません」

脱力して横になりつつも、彼女たちらしい反応を見せていた。

その股間からはそれぞれ、注いだ子種が溢れてきている。

俺はそれを見て満足しつつ、心地よい疲労感に身を任せるのだった。

エピローグ　愛妻たちとの日々

「ふぅ、今日の執務はこれで終わりか」

俺は机の上の書類を片付けつつ、ため息を吐く。

机の端のほうには書類が山のように重なっていた。

「ユーリ様、お疲れ様です。お茶をどうぞ」

「ありがとうゼナ」

そのとき、ちょうどゼナが温かいお茶を持ってきてくれた。

俺は礼を言いつつ、いただくことに。

淹れたてのお茶の温かさが、体に染み込んでいく。

「新しい領地運営のほうはいかがですか？」

「まあ、そこそこだな。領地運営と言っても、ほとんど代官に任せきりだ」

そう言いつつ、俺は書類を一枚手に取る。

それは代官からの報告書だ。内容はいたって普通で、悪くはないが特別良くもない。

「……しかし、あれからもう半年か。過ぎてみるとあっという間だな」

「そうですね。私も驚いています」

すでにゲドルフ公爵が失脚してから半年の時間が経っていた。

その間に色々と変わったことがある。

まず、ブロン帝国の宰相が変わった。

名前を聞いたこともない貴族だったが、エブリントン侯爵の派閥の者だろう。

そして、それより大きいのは政策の変更だ。

今までは低下した国力を復活させようと、様々な政策を打ち出してきた。

その内一つが地方への増税だ。

しかし、今の政策はその逆を行く。

税金の額が元に戻り、しかも自治権が拡大されたのだ。

そのおかげで、帝国の地方を中心に自治領が増えている。

俺たちの領地はその第一弾だった。

「税が元に戻って、自分でやれることも増えたからな。その分大変だが」

「ですが、セシリアさんは喜んでいらっしゃいましたよ」

「ああ、そうだな。巷じゃ民を思う慈愛の女王陛下と言われているらしい」

ゾイル伯爵領は地方自治拡大の第一弾、その目玉だった。

旧セジュール皇国の血統であるセシリアを新たな女王として、セジュール王国が独立した。

皇国から王国に変ったのは、あくまで帝国とは友好関係だということを示すためだ。

ブロン帝国では歴史的に、帝国より王国のほうが力が劣っているとみなされるからな。

同時に、新たな国民への配慮でもある。

セジュール王国の国民は当然、旧セジュール皇国の民もいるが、ごく少数だ。

なにせ一度ブロン帝国に併合されてから数十年経っているから、皇国時代を経験した者のほうが少ない。そして、今まで二等国民扱いされていたセジュール系の国民が、ブロン帝国系の国民を差別しないためだ。

「セシリアは上手くやったな。おかげで領内は安定している」

「はい。このまま行けば、あと一ヶ月もすれば完全に統制可能でしょう」

ここまで上手くいったのは、やはりセシリアのカリスマあってこそだ。

「それで、そのセシリアは？」

「今日の業務は終えられているはずです。そろそろいらっしゃるかと」

そんな話をしていると、部屋の扉が開いた。中に入ってきたのはセシリアとペトラだ。

「ユーリさん、お邪魔しますね」

「よく来たな。そっちも順調か？」

「はい！　自分の手で国を運営するというのは大変ですが、とてもやり甲斐があります」

彼女はそう言ってニコリと笑う。

それを後ろから見ていたペトラが苦笑いした。

「本当にセシリアは努力家ですわね。それほど大きくない国とはいえ、ここまでほぼひとりで政策を考えて実行しているんですもの」

以前のペトラからは考えられないほど穏やかな表情だった。

女性たちはこの半年でさらに友情を深めたらしい。

「セシリアには迷惑をかけるな。だが、週末には帝都からようやく文官たちが来る予定だ」

それを聞くと彼女はあからさまにホッとしていた。

「そうですか。ありがたいです。さすがにこれ以上は限界を感じていましたから」

「俺もできることは手伝いたいが、統治は専門外だからな」

俺は爵位を継ぐ前にトラブルが起きたせいで領地を経営した経験はないし、ゼナとペトラは令嬢だ。ゼナはある程度知識はあっても、実際にどうすべきかは、民の気持ちを知るセシリアしか判断できない。なのでこの半年、彼女の肩には重圧がかかっていただろう。

だが、それももうすぐ楽になる。

帝都からやってくる文官たちを各所に振り分けて行政機能を向上させることで、セシリアの負担を大幅に解消できるはずだ。

「仕事の引継ぎに関しては俺たちも手伝うぞ」

「ありがとうございます。助かります」

「気にするな。それより、今日の仕事はもう終わりなんだろう？　ここでゆっくりしていけ」

「はいっ！」

それから俺たちはお茶を飲みつつ雑談をすることに。

それぞれの近況などを挟みつつゆっくり過ごした。

やがて日も暮れていい時間になってくると、セシリアがつぶやく。

「ユーリさん、今夜は何か予定がありますか？」

「いや、ないが……ん、そうか」

俺は彼女が言いたいことを悟った。むこうもそれに気づいたようで少し顔を赤くする。

「最近は忙しくて、していなかったからな」

「……はい」

以前ならともかく、今のセシリアは女王陛下だ。

俺も彼女には及ばないが仕事がある。なかなか夜の予定が合わないことも多かった。

ゼナやペトラも合わせてとなると、さらに少ない。

「私たちもごいっしょして、よろしいでしょうか？」

「何を遠慮してるんだ。ゼナだって家族の一員だぞ」

「ふふ、ありがとうございます」

嬉しそうに微笑むゼナ。ただ、唯一ペトラだけはツンとした視線を俺に向けていた。

「それで、わたくしもいっしょに？」

「言わずとも分かっているだろう」

そう答えてペトラに笑みを向ける。

「なにせ、セシリアとゼナは無理を出来ない体だからな」

実は、彼女たちふたりはお腹に赤ん坊を抱えていた。

まだお腹が膨らんではいないが、少し前の診断で分かったことだ。

時期を考えると、同じタイミングで仕込んだのかもしれない。

幸いふたりともつわりが酷いということもなく、普通に過ごせている。

それほど無理な運動をしなければ大事ないということだ。

セシリアも普通に仕事を出来ているしな。

とはいえ、妊婦ふたりとセックスするわけにはいかない。

口や手でしてもらうのも良いが、せっかくペトラがいるんだ。誘わない理由はない。

「……仕方ないですわね」

本当に仕方なさそうに頷く。これでも最初に比べれば素直になったほうだ。

女子同士は仲良くなるのに、一向に俺にはデレてくれない。

まあ、ベッドの上では事情が違うんだが。

それから俺は三人を連れて寝室へ移動する。

「さあ……まずはみんなの姿を見せてくれ」

俺の言葉を聞いて彼女たちはそれぞれ服を脱ぐ。

一糸まとわぬ姿になり、俺の前に肢体を晒した。

「相変わらず綺麗だな。見とれそうだ」

「おだてても何も出ませんよ？　赤ちゃんはまだ先です」

「別にこれ以上何か望むものもない。今の俺は満ち足りているよ」

そう言いつつ、俺も服を脱いでセシリアとゼナをゆっくり抱き寄せる。

右手でセシリア、左手でゼナを抱きながら両方とキスしていった。

「ん、ちゅっ……ユーリさんっ……」

セシリアは何度か唇を合わせると舌を絡めてきた。

もう慣れたもので、相手の存在をより深くまで感じようと舌を伸ばす。

「ユーリ様、こちらも……はむっ、ちゅむぅ！」

ゼナのほうはより積極的だ。自慢の大きな胸を押しつけつつ、最初から舌を絡めてくる。

「ふたりとも積極的だな」

「だって、久しぶりですから」

「私も、セシリアさんほどではないですけれど」

セシリアはもちろん、豊富な知識でブレーンとして働いているゼナも忙しいからな。

俺は彼女たちとキスしつつ、残ったペトラを見る。

「まずは奉仕してもらえるか？」

「むっ、言われなくても分かっていますわ」

彼女は俺のほうへ近づくと肉棒を口に含んでフェラチオする。

「ちゅるっ、れろっ……んんっ！」

最初は慣れていないからか、それほど気持ちよくなかった。

けれど、もう何度も奉仕してテクニックを学んだ今は絶品だ。

こちらの性感帯を的確に刺激してくる。

「はふっ、んじゅるっ！　もう大きくなってきていますわ」

「それだけペトラの口の具合が良かったってことだ」

「褒められても嬉しくなんて……」

そう言いつつ、彼女は足をモジモジと動かしていた。

肉棒を咥えているから、体が本能的に発情してしまっているようだ。

もう何度もセックスしている相手だからな。

「体のほうだって疼いているじゃないか」

「こ、これはっ！　気のせいですわ！」

「ペトラそう言うなら、問い詰めはしないがな」

「くっ……」

俺があえて引いて見せたことで悔しそうな顔をするペトラ。

しかし、彼女の体のほうは着々と準備を整えていった。

「さあ、じゃあ次はこっちに尻を向けてもらおうか」

「……分かっていますわ」

言われた通り四つん這いになって尻を向けるペトラ。

俺は片手で彼女の腰を引き寄せると、そのまま肉棒を挿入していった。

「ひゃっ！　んぎゅぅっ！」

挿入した直後、ペトラの口から声が漏れる。

「な、中にっ……一気に奥までぇっ!?」

「ふふ、よく濡れているじゃないか。一気に全部入ったな」

それほど強い力を入れたつもりはないが、十分だったようだ。

肉棒は奥までハマり、ペトラの膣内はキュウキュウと締めつけてきている。

「うぅぅっ……はぁっ、はぁっ！　まだ、大丈夫ですわっ……」

自分に言い聞かせるようにつぶやくペトラ。

頑張っているところ生憎だが、トドメを差させてもらおう。

「そら、動くぞ！」

「なっ!?　まだわたくしはっ……やっ！　あひぃぃぃぃっ!!」

勢いよくピストンを始めるとすぐ嬌声が聞こえてきた。

もちろんペトラのものだ。

「ペトラさん、すごく気持ちよさそうな声ですね」

「はい、すっかりユーリ様とのセックスでメロメロになってしまったみたいです」

セシリアたちも彼女のことを見ている。

もちろん、俺に抱きついてキスを強請《ねだ》りながら。

「あぅ、やぁっ……こんな、気持ちいいのっ！　耐えられないぃぃっ！」

ズンズンと腰を動かし、肉棒でペトラの秘穴を突き解す。

その度にペトラの理性が崩壊していくようだった。

「セックスする度に快楽堕ちしやすくなっているな」

「しょ、しょんなこと言わないでっ！　はぐっ、んうぅぅうぅぅっ！」

行為が激しさを増すにつれて、ペトラの快楽も大きくなっていく。

そして、俺たちの興奮も限界まで昂ぶっていった。

「ちゅっ、ちゅむっ！　はぁ……ユーリさん、もっとキスしてくださいっ！」

「あぁ、こちらにもキスをいただかないと拗ねてしまいます。代わりにたくさんご奉仕しますので」

セシリアとゼナへ交互にキスしながら、彼女たちの体を愛撫してたっぷりハーレム気分を味わう。

それに加えて、こちらに尻を突き出しているペトラを思い切り犯してやった。

「はひっ、ううっ！　ひゃっ、また気持ちよくなってしまいますわ！　こんなに下劣なこと……でも、我慢できませんのぉ！」

すっかり快楽堕ちした様子に笑みを深めつつ、夢のような時間を過ごしていく。

けれど、夢は永遠には見ていられない。

「ダ、ダメッ……もうイキますのっ！　イクッ、あああぁぁあぁぁっ!!」

ペトラの嬌声を皮切りに、俺たちも限界になる。

「い、いっしょに……思い切り抱きしめてくださいっ！」

「はぁっ、あぁぁっ！　ユーリ様！　ユーリ様ぁぁっ！」

ふたりの体を思い切り抱き寄せ、ペトラの中へ射精した。

「ひぎっ‼　ああああぁぁぁぁあっぁぁあっ‼　イクッ！　ひぃっ、あううぅぅぅぅぅぅぅっ‼」

絶叫のような喘ぎ声が上がり、続けてセシリアやゼナも絶頂に達する。

「んひっ！　ひゃっ、うううぅぅっ！　好きッ、好きですユーリさんっ！」

「あぐぅぅっ！　どうか、ずっと愛してくださいっ！」

四人で一体となったような絶頂で、最高の快感を味わう。

数十秒か、あるいは数分か……気付いたときにはベッドへ横たわっていた。

近くにはセシリアたちも同じように横になっている。

「……ふぅ」

一息ついて落ち着くと、彼女たちを並べて毛布を掛けた。

脱力して浅く呼吸している三人を見ながら、俺は肩から力を抜く。

「さっきも言った通り、俺は今とても満たされているよ」

当初の目標は、見事に達成されたと言っていい。

小国とはいえ女王様の夫なんだから、成り上がりとしてこれ以上のものはないだろう。

それに、名誉や富だけでなく、こんなに綺麗な妻たちまで手に入れた。

「セシリアたちにはいろいろなものを貰ったからな。これからは俺が返す番だ。期待していてくれよ」

妻たちに何をすべきか色々と考えながら、俺は充実した夜を過ごすのだった。

あとがき

こんにちは。成田ハーレム王と申します。

今回のお話は、異世界の貴族に転生してウハウハ生活を送っていた主人公が没落してしまい、そこから諦めず成り上がりを狙おうとするお話です。

爵位以外を全て失った主人公が逆転を目論みつつ旅を続けていたところで、最初のヒロインであるセシリアに出会い、本格的に成り上がるために行動し始めます。

主人公は基本的に成り上がりが目的ですが、もちろんヒロインたちとのイチャイチャやハーレムシーンもたっぷりあります。

真面目で正義感の強いお嬢様ヒロイン、博識だけど引きこもりなお嬢様ヒロイン、そして高慢で自己中心的なお嬢様ヒロインの三人です。

今回はなんとヒロイン全員がお嬢様で、まさにお嬢様ハーレムですね。

普段ならメイドさんや女騎士といったキャラが入ることが多いのですが、思い切ってオールお嬢様になりました！

高貴な身分の女の子とイチャイチャでエロエロなことがしたい！　という方には是非読んでいただきたいヒロインたちになっています。

登場人物たちの性質上、今回のお話では主人公が派手に大立ち回りをしたりということがありません。しかし、その分ヒロインとのエッチシーンはたくさん挿入しました。

最初のヒロインであるセシリアは真面目で心優しい性格で、領地や民たちの混乱を治め、統治していくために主人公へ協力します。亡国のお姫様の血筋なので、お嬢様であると同時にお姫様属性も持っていますから、そちらが好きな方にも楽しんでもらえると思います。

二番目のヒロインのゼナは以前の婚約者が原因で男性恐怖症になってしまった女性です。上手くトラウマを克服させていけば、深い信頼を抱いてくれるようになります。

三番目のヒロインのペトラは、良くも悪くも貴族のお嬢様といった感じで、攻略するのに手間がかかるタイプですが、あえてなかなか折れないのを楽しんでいただけると嬉しいです。

誰か一人でもお気に入りのヒロインがいると、とても嬉しく思います。

それでは謝辞に移らせていただきたいと思います。

担当編集様、今回も様々なことでお世話になりました。ありがとうございます。

イラストを担当してくださった「サクマ伺貴」様。素晴らしかった前回と比べても、更にぐっと可愛らしくなったイラストの数々、本当にありがとうございます！　巻頭カラーの三人の美しさには、初見で思いっきり痺れました！

そして、作品を読んで応援してくださる読者の皆様。私がこうして書き続けられるのも皆様の応援あってこそです。これからも感張りますので、よろしくお願いいたします。

二〇二〇年四月　成田ハーレム王

キングノベルス

落《おち》ち目《め》の貴族《きぞく》に転生《てんせい》したので伯爵令嬢《はくしゃくれいじょう》とやりまくってハーレム復興《ふっこう》
～メロメロになったお嬢様《じょうさま》は俺《おれ》の言《い》いなり～

2020年 5月 29日　初版第１刷 発行

■著　　者　　成田ハーレム王
■イラスト　　サクマ伺貴

発行人：久保田裕
発行元：株式会社パラダイム
〒166-0004
東京都杉並区阿佐谷南1-36-4
三幸ビル4A
TEL 03-5306-6921
印刷所：中央精版印刷株式会社

KN078

召喚されたチート勇者のボーナスステージ
ミッションコンプリート!
あとは自由に、
やらせてもらいます♥
成田ハーレム王
Narita HaremKing
illust:サクマ伺貴
クニヒコは異世界に召喚され、勇者として使役されていた。教皇による刻印には逆らえず、従順に従っていたが、似た境遇にあった魔王アイダと協定を結んだことで、魔王＆メイド＆エルフの凸凹パーティーが、自由を取り戻すために行動を開始する！
KiNG novels